KB057511

휴(休), 살았다

스토리 인시리즈 소소하지만 열정적인 당신의 일상을 공감과 위안, 힐링을 담아 응원합니다.
어떤 말들보다 큰 힘이 되어주고 당신만의 이야기를 마음껏 펼칠 수 있도록, 당신의 스토리와 함께합니다.

휴(休), 살았다

초판 1쇄 발행 2024년 2월 1일

지은이. 박혜린
펴낸이. 김태영

씽크스마트 책 짓는 집
경기도 고양시 덕양구 청초로66
덕은리버워크 지식산업센터 B-1403호
전화. 02-323-5609

홈페이지. www.tsbook.co.kr
블로그. blog.naver.com/ts0651
페이스북. @official.thinksmart
인스타그램. @thinksmart.official
이메일. thinksmart@kakao.com

ISBN 978-89-6529-398-9 (03810)

•씽크스마트 - 더 큰 생각으로 통하는 길
'더 큰 생각으로 통하는 길' 위에서 삶의 지혜를 모아 '인문교양, 자기계발, 자녀교육, 어린이 교양·학습, 정치사회, 취미생활' 등 다양한 분야의 도서를 출간합니다. 바람직한 교육관을 세우고 나다움의 힘을 기르며, 세상에서 소외된 부분을 바라봅니다. 첫 원고부터 책의 완성까지 늘 시대를 읽는 기획으로 책을 만들어, 넓고 깊은 생각으로 세상을 살아갈 수 있는 힘을 드리고자 합니다.

•도서출판 큐 - 더 쓸모 있는 책을 만나다
도서출판 큐는 울퉁불퉁한 현실에서 만나는 다양한 질문과 고민에 답하고자 만든 실용교양 임프린트입니다. 새로운 작가와 독자를 개척하며, 변화하는 세상 속에서 책의 쓸모를 키워갑니다. 흥겹게 춤추듯 시대의 변화에 맞는 '더 쓸모 있는 책'을 만들겠습니다.

•천개의마을학교 - 대안적 삶과 교육을 지향하는 마을학교
당신은 지금 무엇을 배우고 싶나요? 살면서 나누고 배우고 익히는 취향과 경험을 팝니다. <천개의마을학교>에서는 누구에게나 학습과 출판의 기회가 있습니다. 배운 것을 나누며 만들어진 결과물을 책으로 엮어 세상에 내놓습니다.

자신만의 생각이나 이야기를 펼치고 싶은 당신.
책으로 사람들에게 전하고 싶은 아이디어나 원고를 메일(thinksmart@kakao.com)로 보내주세요.
씽크스마트는 당신의 소중한 원고를 기다리고 있습니다.

휴(休), 살았다

박혜린

고시용 | 원광대학교 교수, 동양학대학원 원장

누군가는 말합니다. 인생은 롤러코스터와 같다고. 고락의 반복이라고 할까요. 그래서, 사람들은 어려움이 닥치면 '이 또한 지나가리라' 하고 마음 속으로 주문을 외운다고 합니다. 소위, 성인이라 일컬어지는 분들은 한 단계 더 나아가서 어려움이 왔다고 너무 낙망하지도 않고 즐거움이 왔다고 자만하지도 않으면서 평상심을 지켜간다고 합니다. 그렇다면, 성인들은 어떤 비결이 있기에 이렇게 유유자적할 수 있는 것일까요?

저자 박혜린님의 이 책을 읽으면서 하나의 힌트를 얻을 수 있었습니다. 그것은 바로 수행입니다. 책의 내용처럼 성인들이야말로 가장 '유연하고 단단하게' 살아가신 분들입니다. 성인들은 요동치는 삶의 순간들을 단순히 고통으로 본 것이 아니라, 소중한 수행의 기회로 활용했습니다. 진리가 존재한다면 순경과 역경의 모든 상황들은 나를 성장시키려는 진리의 숭고한 뜻이자 '큰 그림'이라는 깨달음이 성인들의 삶에 새겨져 있음을 봅니다.

요가는 인도에서 출현한 오랜 동양의 수행 전통입니다. 역사적으로 많은 성인과 수행자들이 요가를 통해 깨달음을 추구하였고, 현대에 들어와서는 전 세계적으로 전파되어 많은 사람들의 심신 건강과 행복을 책임지고 있습니다. 저자 또한 요가와 인연이 된 후로 행복지수 100에 가까운 삶을 살게 되었고, 그 기쁨을 또 다른 누군가에 전하려는 사명으로 이 책을 추천하게 되었습니다. 슬픔은 나누면 반이 되고, 기쁨은 나누면 두 배가 된다는 말처럼, 이 책의 인연으로 많은 분들이 요가의 공덕으로 삶을 즐겁고 행복하게 살아갈 수 있기를 진심으로 기원합니다. 감사합니다.

여동구 | 요가마스터

요가를 하는 이유는 여러 가지가 있겠지만 그 중에 하나를 뽑는다면 '배움'이라는 단어를 이야기 하고 싶습니다. 우리는 배움을 통해 알아가는 즐거움을 느낍니다. 어둠 속에서 한 줄기 빛을 통해 주변을 보는 것과 같은 의미입니다.

내가 알지 못하면 많은 것을 볼 수 없습니다. 우리 모두 배움을 통해 많은 것을 보고 느끼길 바랍니다. 그런 의미에서 박혜린 작가의 글은 배움을 향해 나아가는 진솔하면서도 단단한 힘이 느껴집니다. 배움을 향한 새로운 시작의 빛을 선물해 주는 것 같습니다.

이정은 | 요가마스터

요가가 좋은 이유는 수도 없이 많지만, 그 중 하나를 꼽자면 소중한 인연을 만난 것이라 할 수 있어요. 제게는 그 소중한 인연 중 하나가 박혜린 작가입니다. 직장에 다니면서도 요가강사가 되기 위해 요가지도자과정을 신청하고 얼마나 열정적으로 공부 했는지 모릅니다.

진심으로 요가를 사랑하는 그녀를 보면서 '이 사람 찐이구나.' 했답니다. 박혜린 작가가 요가로부터 받은 많은 위로와 열정만큼, 더 많은 분들이 이 책을 읽으면서 각자의 삶에 필요한 따뜻한 위로를 받았으면 좋겠습니다. 나마스떼.

우희경 | 브랜드미스쿨 대표

30대는 늘 불안하다. 세상이 정해 놓은 기준에 휩쓸리고, 타인이 던지는 말 한 한마디에 흔들린다. 내 마음의 중심이 필요할 때, 이 책이 나에게 단단함을 선물할 것이다.

김무영 | 작가, <인문학은 행복한 놀이다>

원고를 처음 만난 순간부터 삶의 여유란 누가 주는 게 아니라 나 자신 안에서 자연스럽게 흘러나오는 것임을 깨달았다. 바쁨을 비우고 마음을 채우는 책, 나를 요가와 만나게 해준 책, 무엇보다 하루하루를 감사하며 살아가도록 도와준 이 책을 세상에 자랑스럽게 소개한다.

나와 하나 되는 법 그리고 요가

어떤 인연은 인생의 기막힌 타이밍에 나타나 운명이 된다. 하지만 좋은 인연을 찾을 때까지 그것은 좋은 만남이 아니라 끊임없이 헤매는 방황의 시간으로 여겨질지도 모른다. 하지만 가닿고 나면 알게 된다. 그건 방황이 아니었다. 오히려 제대로 가고 있다는 신호였고, 거의 다 와간다는 이정표였다. 단지 내가 원했던 것보다 조금 더 시간이 걸렸을 뿐.

20대에 좋은 직업을 갖고 30대를 맞이하면 멋있는 커리어우먼의 모습을 한, 어엿한 어른이 되어 있을 줄 알았다. 하지만 현실과 이상은 달랐다. 이렇게 사는 게 맞는지에 대한 의심과 불안함, 미래를 생각하면 막막하기만 했다. 남들이 보기에 그럴듯하게 잘 살아 보였지만 스스로 만족하지 못해 자존감은 바닥을 쳤다.

요가, 나다운 내가 되는 여정

요가를 처음 접했을 때만 해도, 내 몸이 시원해서, 다이어트를 위해서, 취미 생활 외에는 별 목적이 없었다. 그리고 다른 운동을 해보기도 했지만 결국 요가로 돌아갔다. 운명처럼 이끌린 요가는 단순한 운동이 아니었다. 요가가 없었더라면 지금의 건강한 나는 없었을 것이다.

"그 기괴한 동작을 하는 게 왜 좋아?"

"꼭 이런 동작이 아니어도 되지. 그리고 하기 쉬운 편안한 요가도 있어. 그렇지만 이런 동작을 하는 건 또 다른 나를 넘어가 보는 거야."

나는 대한민국의 평범한 여성으로, 입시생, 취업 준비생, 실수투성인 신입사원으로 살아왔다. 이제는 매일 아침 9시 출근을 위해 대중교통에 몸을 싣는 30대 여성 직장인이 됐다. 그렇게 살아가며 느꼈던 불안과 고통을 요가를 통해 극복할 수 있게 됐다. '이게 나에게 맞는 길인가?' 방황하는 일과 관계들 속에 매일 우울하고 피곤해 하던 한 현대인이 행복지수 100에 가까이 살아갈 수 있게 된 것이다.

단단하고 유연한 내가 되는 것. 나다운 내가 되는 여정에는 요가가 있었다. 그것은 단순한 운동이 아니었다. '삶을 수련하는 과정'그 자체였다. 마치 한 권의 책과 같다고 할까? 누군가에게 한 권의 책은 '라면 받침대'일 뿐이지만 또 다른 누군가에게는 포기했던 삶을 다시 살게 하는 힘이 되기도 하듯 말이다.

말도 그렇다. 누군가에게 들은 한 마디가 삶에 큰 힘이 될 때가 있다. 따뜻한 말은 사람을 좀 더 부드럽게 변화시키고 한 번 더 살아갈 힘을 만든다.

"나도 그럴 때 있었어, 괜찮아"하고 건네는 말처럼 나의 문장도 그렇게 가닿길 바라는 마음이다.

우리 모두의 단 한 번뿐인 순간들을 위해

지금 일어나고 있는 고통과 슬픔, 소소한 일상 속 기쁨 하나하나가 나에게 왔다가 지나가는 '단 한 번의 순간'들이라는 것을 기억하고 온전히 즐길 수 있기를 소망한다. 요가를 통해 치유해 온 내 삶의 여정이 누군가에게 위로와 희망이 되어 어제보다는 나은 오늘, 그리고 다가올 내일을 유연하고 단단하게 살아갈 수 있기를 바란다.

목차

3부 인헤일: 나를 채우다

4부 아사나: 나를 맞이하다

프라나(Prana) 호흡, 에너지, 생명력

불안과 아픔은 실은 살아있다는 뜻이었다.

나를 다시 숨 쉬게 만든 시작은 바로 불안이었다.

1부

프라나
: 나를
시작하다

01

불안이 불안하게

불안은 욕망의 하녀다!

- 알랭 드 보통

씨를 뿌리고 나무를 심었으니 크고 싱싱한 열매를 빨리 맛보고 싶어서 조급함이 일었다. 몇 번은 그냥 떨어지기도 하고 썩어서 버려야 하는 과정도 필요한 줄은 몰랐다. 달콤한 열매를 맺는 데는 충분한 시간이 필요하다는 것을 말이다. 새로운 직장에 들어갔든, 사업을 하든 새로운 배움을 시작하든 당장 원하는 결과가 나오지 않더라도 담담히 살아가야 함을 자꾸 잊고 말았다. 방황하는 과정 또한 크고 울창한 나무가 되어 열매를 맺는 데 필요한 시간이라는 것을 모르고 괴로워했다. 불안했다.

불안은 어디서부터 비롯될까? 알랭 드 보통의 말대로라면 내가 욕망하는 것들 때문일 것이다. 미래에 있는 내 모습만 꿈꾸며 살다 보니 현실은 불만족스러웠고 불안과 걱정은 자연스레 늘 함께였다. 대한민국에 사는 사람이라면 비슷하지 않을까. 남들처럼 평범히 살려면 이뤄야 할 게 너무나도 많다. 다들 쉽게 하는 것 같은데 나에게만 쉽지 않은 것 같다. 좋은 직업을 가져야 하고, 사람들과 좋은 관계를 유지해야 하고, 1년에 한 번쯤은 나를 위한 보상이나 여행을 가면서도 돈을 모아 집을 사야 한다. 결혼도 잘해야 하고, 가족들과 화목하게 살면서도 사회적으로 인정도 받으면 좋겠다.

과거에 나는 내가 컨트롤할 수 없는 것, 자연스럽게 흘러갈 일들조차 '내가 노력해서 최선의 결과를 얻어야 한다'라고 생각했다. 나에게 최선이 무엇인지 모르기에, 오지 않을 것들도 모두 내 노력으로 붙잡으려 했다.

맞지 않는 관계들과 보수적인 경쟁 사회가 불편했다. 다들 쉬운 것 같은데 나만 이렇게 힘든 건가 싶었다. 한 겹 포장된

내 모습으로 잘 적응하는 척하는 사회생활 속에 나의 정체성은 흐릿해져 가고 있었다.

화가 부글부글 끓어 울면서 집에 돌아왔다. 내일 또 출근할 생각을 하면 심장이 두근거리는 증상과 두통이 몰려왔다. 답이 보이지 않는 걱정으로 잠을 못 이뤘다.

'왜 그렇게 서로를 비난하고 깎아내리기 바쁠까', '같이 즐겁게 일할 순 없는 걸까' 내 맘 같지 않은 사람들과의 관계, 이상과 현실과의 괴리감, 서툰 사회생활 속에서 '이 일이 나에게 맞는 건가, 옳은 선택을 한 걸까?'하며 나를 의심하기 시작했다. 그리고 현재에 대한 의심은 '과거에 이랬어야 했나?'하는 선택에 대한 후회로 이어졌다. 어떻게 사는 것이 '맞는 삶'인지 혼란스러웠고 정답을 알고 싶었다. 그렇게 스스로에 대한 가치관의 혼란이 왔다.

중요하다고 생각되는 무언가가 주어지면 '꼭 잘 해내야 한다'라는 압박감에 스스로를 못살게 굴었다. 그렇기에 '못 하면 어떡하지?'라며 불안했고 '나는 저렇게 살고 싶은데, 지금의 나는 뭐지?'라는 괴리감에 걱정이 많았다. 또 이런 불안감이 찾아왔을 때 그것을 처리하는 방법을 몰라 그 우울 속에 더 깊이 빠져들곤 했다.

나는 이렇게 힘든데 그들은 어떻게 잘 사는 건지 궁금했다. 이리저리 줏대 없이 휘둘렸다. 나의 감정이 혹여 남에게 부담이 될까, 미움을 받을까 표현하지 못했다. 그렇게 유했던 성격은 점점 뾰족해지며 혼란스럽던 나는 생각했다. '마음이 평온한 상태, 몸과 마음이 건강한 내가 되고 싶다'라고

건설적 불편함

책의 초고를 반 이상 써 나갈 때쯤 나는 이제 불안과는 거리가 먼 사람이라고 착각했다. 이유는 몰라도 '불안'이라는 감정이 잘 느껴지지 않았다. 오만한 생각일지 모르니 조금 기다려보기로 했다. 아니나다를까, 며칠 뒤 어김없이 불안은 나를 찾아왔다. 하지만 더 이상 깊게 다가오지는 않도록 조절할 수 있었다. 나를 맴도는 불안과 거리를 두는 법을 깨달았다. 약간의 불안이 삶의 원동력이 되었다. 바로 '건설적인 불편함'이다.

파울로 코엘료는 "인간의 탄생과 함께 불안이 시작된다"라고 했다. 우리는 어쩌면 태어나서 죽을 때까지 불안에서 온전히 벗어날 수 없을지 모른다. 여전히 별거 아닌 거에 또다시 파르르하는 나를 보며 아직 멀었다고 생각하기도 하고, 분명 다시 나약해지고 힘들어하는 날이 올 수도 있을 테지만 나는 그런 나를 인정하고 기다려 줄 것이다. 어차피 평생 함께할 감정들과 잘 지내는 방법을 터득해가는 것이 삶이 아닐까?

불균형의 아픔, 균형의 즐거움

몸과 마음, 내 의식은 연결되어 있다. 어느 한쪽이 망가지면, 연이어 다른 곳에도 문제가 생긴다. 우리 몸을 보면 자주 사용하는 곳은 과하게 사용되어 아프고, 사용하지 않는 곳은 약해져서 아파진다. 아픔은 균형이 깨졌다는 신호다. 그러니 유연성과 근력, 앞/뒤, 상/하체, 음과 양의 밸런스를 맞춰야 몸이 조화롭고 건강해진다.

요가와 함께 살아가며 어느 순간부터 자연스럽게 나는 '균형'이라는 가치를 굉장히 중시하게 되었다. 몸과 마음의 적절한 밸런스처럼 일상에서도 균형을 지키는 것이다. 고된 일상 또한 평온함의 감사함을 깨달을 수 있도록 균형을 맞추는 작업이 아닐까.

흔히 요가를 생각하면 하얗고 마른 사람이 다리를 쭉 찢는 상상을 하곤 한다. "별로 운동이 안 돼요. 유연성만 좋으면 할 수 있지 않나요?"라고 생각하는 사람이 많지만 전혀 그렇지 않다. 다양한 스타일의 요가 방식이 있다. 명상에 집중한 요가나 이완과 릴랙스 위주의 수업도 있지만, 유연성을 기반으로 강인한 근력이 필요한 동작들도 정말 많다. 나 또한 유연성이 요가의 대부분인 줄 알던 때는 오히려 몸이 좋지 않았다. 늘어나는 곳만 계속 늘어나 과신전된 상태 때문에 잡아주는 힘과 근력이 부족했다. 반대로 근력만 좋은 사람이

유연성이 떨어지면 타이트해진 몸이 순환을 방해해 몸의 효율이 훨씬 떨어질 것이다.

몸이 건강해야 마음과 정신 또한 건강할 수 있다. 내 몸이 아프고 균형이 깨지면 주위를 돌볼 여유조차 없다. 별거 아닌 것에도 짜증이 나고 예민해진다. 건강할 땐 그냥 웃으며 넘길 일도 저 사람에 대한 미움으로 변질된다.

평생 같이 살아갈 내 몸이다. 들으려고 마음 먹으면 몸이 보내는 신호를 들을 수 있다. 내 마음 역시 그렇다. 내 마음이 보내는 신호를 잘 들어준다면 몸을 보살피듯 내 마음도 잘 보살필 수 있지 않을까?

02

똑같은 다름

가슴과 어깨가 말려있을 때 나만의 아집으로 딱딱하게 굳어진 마음을 느낀다. 어쩐지 불편하고 꽉 막힌 듯하다. 그런 날은 뒤로 젖히는 후굴 자세도 잘되지 않는다.

'있는 그대로 상대를 바라보고 있을까?'

갇힌 시선에서 벗어나 열린 마음일 때 가슴도 더 편안하게 열리는데 말이다.

우리는 모두 다르다. 내가 생각하는 누군가의 '이상함'과 '유난스러움'이 실은 그만의 '특별함'이기도 하다. 똑같은 사람이라도 어떻게 보느냐에 따라 좋은 사람이 되기도, 나쁜 사람이 되기도 한다.

자신감 있는 사람이 오만한 사람이 되기도 하고, 유연한 사람이 줏대 없는 사람이 되기도 한다. 겁이 많고 소심한 사람은 신중하고 책임감이 있는 사람이기도 하다.

우리는 모두 다르다

나는 상대를 어떻게 보고 있을까? 우리는 나와 다른 사람을 그대로 받아들이기 어려워한다. 혹은 상대에게서 미워하던 나의 모습 일부를 발견하고는 나는 너와는 다르다고, 그와는 다른 사람인 척하고 싶은지도 모른다. 나와 다른 면을 보면 '이상하다'라고 단정 지어 버리는 것이다. "내가 이렇게 해 줬으니 저 사람은 저렇게 해야 해", "이렇게 하는 게 맞아"라고 미리 결론을 내려버린다.

새롭고 낯선 생각을 이야기하면 때때로 누군가는 이해할 수 없다고 한다. 말에는 섬세한 온도가 있다. "이해해 보려고 하는 것"과 의아하다는 표정으로 "도대체 이해가 안 가"라고 하는 것은 다르다. 직접적인 비난은 아닌, 포장지를 벗겨낸

이 말 이면에는 "너, 좀 이상해"라는 말을 내포하고 있다.

'누군가와 친하다는 것이 뭘까?'

우린 서로 다르고 같지 않다. 처음에는 나와 비슷한 공통점을 발견하고 무장해제 되어 '나와 잘 맞는 것 같아'라며 누군가와 가까워진다. 사실 누군가를 편하게 해준다는 것, 공감을 받는 것 이면에는 '값비싼 배려'가 숨어져 있다는 걸 모르곤 한다. 그리고 서로 가까워진 것이 상대방의 배려 덕분인지도 모른 채 마냥 내 입장에서만 상대방을 바라보며 무수히 다른 차이를 발견하며 다짜고짜 나와 맞지 않는다고 한다.

누군가를 이해하지 못하는 자신을 이해하려 애쓰면서 타인을 이상한 사람으로 정의 하려는 것은 아닌가? 표면에 드러나지 않는 많은 무의식 속에 타인이 좋아할 만한 생각만 끄집어 내서 이야기하는 인간은 애초에 앞뒤가 맞지 않고 모순적인 존재일지도 모른다.

미움과 서운함 대신
있는 그대로 받아들이기

우리는 평생 숙제와 같은 인간관계 속에 많은 고민을 하며 힘들어한다. 그리고 그 고통의 이유는 '미움'과 '서운함'에서 비롯되곤 한다. '저 사람은 왜 저래?' '나한테 이렇게 해야 하는 거 아니야?'라는 생각에 서운한 감정이 몰려온다. 서운함이 쌓여 미움으로 곪아 버린다. 그리고 누군가를 미워하는 마음과 감정은 결국 나를 지독하게 괴롭혀 고통스럽게 한다. 이는 나 자신을 미워하는 것과 같다.

내가 생각하는 대로 그 사람도 똑같이 생각하고 행동할 것은 아니라는 점, 내가 상대의 모든 상황, 마음까지 전부 알 수는 없다는 점을 간과하는 것은 아닐까?

전통 요가의 이론 하나에 따르면 우리가 화가 나는 이유는 바르게 알지 못하는 '무지'에서 왔다고 말한다. 어떤 사람의 습관이나 행동은 '내가 알지 못하는 그 사람만의 사정과 이야기'를 듣고 나면 이해가 될 수도 있다. 우리가 알고 있는 그 사람의 지극히 일부일 뿐이라는 사실을 우리는 자주 잊어버린다.

내가 가진 얕은 경험과 시각으로 누군가를 온전히 이해하기란 불가능하다. 과거에 누군가의 감정과 행동이 오늘이 돼서야 이해가 되곤 한다. 친구가 겪었던 슬픔이, 부모님에 대한 희생이 시간이 흘러 내가 직접 겪고 나서야 어렴풋이 기억이 난다. '그때 왜 이렇게 말해주지 못했을까'하고 말이다.

지금의 나를 알아차리며 몸과 마음 상태에 귀를 기울인다. 가슴을 활짝 열고 정수리는 바닥에 두며 잠시 눈을 감고 호흡한다. 활짝 열린 마음과 가슴을 바라본다. 너도, 나도 모두 지나갈 감정이었음을, 별거 아닌 일에 왜 그렇게 힘들어했는지 지금 나에게 찾아온 고요한 마음을 바라본다.

03

정신을 잃었지 뭐야

처음 해보는 어려운 요가 동작을 취하면 온몸에 긴장이 잔뜩 들어간다. 그리고 나도 모르게 숨을 참은 채 낑낑거리며 동작을 따라 하기 바쁘다. 예를 들면 가슴과 허리를 뒤로 젖히는 백 밴딩(Back bending) 동작이 있다. 바르게 선 자세에서 양손을 머리 위로 올린 후 골반을 앞으로 밀며 허리를 뒤로 젖히는 모양을 한 동작이다. 호흡을 하지 않고 백 밴딩을 하다가 천장 위의 형광등을 봤는데 머리가 핑 돌더니 순간 정신을 잃고 쓰러져 버렸다. 눈을 떠보니 나는 넘어져 있었고 "어머, 괜찮으세요!?"하며 사람들이 나를 쳐다보고 있었다.

컨디션이 좋지 않았던 아침, 호흡을 제대로 하지 않으니 신경이 눌렸고 잠시 산소 공급이 되지 않았던 모양이다. 물론 아주 잠시 30초 정도 정신을 잃었고 눈을 뜨자마자 금방 괜찮아졌다. 하지만 잘못 넘어지거나 했다면 자칫 부상을 당하거나 큰일이 날 수도 있는 상황이었다.

익숙하지 않은 동작을 할 때 나도 모르게 목 어깨에 긴장이 잔뜩 들어간다. 때로는 익숙했던 동작도 버거울 때가 있다. 선생님은 몸에 힘을 빼고 호흡을 하라고 한다.

"코로 숨을 들이쉬고, 다시 코로 내쉬세요. 호흡을 깊게 하세요"

낑낑거리며 얼굴은 벌게진다. 그래도 '일단 동작을 잘하면 되지'라며 동작 따라 하기에 바쁘다. 흉내 내기 바빠 호흡이 들어올 틈이 없다.

눈에 보이지 않는 소중함

요가를 하면서도 보여지는 '동작'에 몰두해 오던 탓에, '호흡'을 하지 않고 동작을 이어가는 경우가 왕왕 있었다. 나에게 쉬운 동작이더라도 그날의 몸 상태에 따라, 호흡을 제대로 하지 않으면 탈이 날 수 있다. 어쩌면 보이지 않는 호흡이 더 중요할지도 모른다. 섬세히 바라보지 않으면 알 수 없다.

그날 내 몸과 마음의 상태에 귀 기울여야 한다. 그 상태에 맞게 수련을 이어가며 호흡을 꼭 함께해야 한다.

두 다리를 쭉 펴고 바르게 앉는 자세(단다아사나) 그리고 바르게 선 자세(타다아사나) 또한 요가 동작 중 하나이다. 똑바로 앉고 서는 것 또한 몸의 상태에 따라 다른 어려움이 있다. 햄스트링이 짧으면 다리가 쭉 뻗어지지 않는다. 척추가 삐뚤어져 있으면 요추부터 정수리까지 곧게 뻗어나갈 수 없으며 골반과 어깨의 정렬 또한 중요하다. 나도 모르게 목 어깨에는 불필요한 긴장이 들어가기도 한다.

미세하게 바라볼수록 어렵고 어디까지 해야 끝일지 모르겠다. 하자마자 곧잘 되는 동작도 있지만 여전히 감을 잡지 못하는 동작들도 많다.

보이지 않는 호흡은 보이는 동작보다 더 중요한 의식이다. 한 동작에 멈춰있는 듯하지만, 계속 나아가고 있는 것이다. 호흡 소리에 귀를 기울인다. 지금에 머물러 호흡하며 나의 내부 에너지는 계속 움직인다. 불필요한 힘과 긴장은 풀어내며 섬세하게 힘을 조절해 본다. 호흡이 깊어질수록 동작도 깊어진다.

호흡은 나의 마음 상태와도 연관되어 있다. 불안하고 화가 날 때 호흡은 가빠지고 짧아진다. 고요하고 깊은 호흡을 하지 못한다.

일상 속 익숙하지 않은 상황을 만났을 때 불필요한 힘을 꽉 움켜쥔 채로 불안해했다. 어떤 일이 주어졌을 때도 잘 해내야 한다는 생각에 마음만 부단히 애썼다.

'꼭 잘해야 하는데', '잘 못하면 어떡하지', '저 사람이 날 어떻게 평가할까'라는 생각에 사로잡혀 몸과 마음에 더욱 긴장이 들어가곤 했다. 꼭 이번이 아니더라도 괜찮다. 당장은 나에게 최선인 것 같은 것들이 정답이 아닐 수 있다. 아직 때가 되지 않았을 수도 있다. 내 몸 또한 준비되었을 때 동작이 찾아온다. 한계를 넘어설 수 없음을 '오늘은 여기까지임'을 인정하고 한 걸음 멈춰 여유를 찾는 것이다.

몸과 마음이 긴장했음을 알아차리고 숨을 들이마신다. 그리고 길게 내뱉는다. 지금 하는 호흡과 내 몸의 자극을 온전히 바라본다. 호흡을 점점 더 깊게 마시고 내쉬며 동작을 완벽하게 완성하겠다는 마음은 호흡과 함께 내보낸다.

"휴(休), 오늘은 여기까지구나."

04

삽질도 응원합니다!

실패하지 말라는 건 자라지 말라는 뜻이다. 나는 계속해서 많은 삽질을 한다. 과거의 무수한 삽질이 지금의 나를 만들어 줬다. 부끄러운 글을 계속 쓰지 않았더라면, 낑낑거리며 몸을 계속 움직이지 않았더라면, 이상한 사진을 계속 찍지 않았더라면, 이것저것 관심 가는 것을 시도해 보지 않았더라면 지금의 내가 있었을까?

일을 하다 보면, '이걸 해서 무슨 소용이야', '내가 이런 것까지 해야 하나?'라는 생각이 들 때가 있다. 이렇게 생각해 보는 건 어떨까 '이렇게 하찮게 생각하는 일도 제대로 못 하는데 더 큰일을 할 수 있을까?' 혹은 '이때 아니면 언제 해볼까?' 설사 '삽질뿐인 일'이더라도, 자기 발전이나 경력에 별 도움이 되지 않더라도, 나에게 올라오는 부정적인 감정과 싸우는 연습이라던가 '나에게 맞지 않는 일'에 대해 깨닫는 계기가 된다던가 '내가 이렇게 삽질해서는 별로 도움이 되는 게 없다'는 사실을 알고 어떻게 행동하는 게 현명한지를 배우는 것조차도 결과물이다. 아무런 도움이 되지 않는 쓸모없는 일이라고 재단해버리는 순간 어쩌면 내게 꼭 필요했을지 모를 소중한 배움의 기회는 날아가버리고 만다.

삽질의 유익함

수많은 삽질들이 모여 좋은 스승을 만나면 포텐이 터진다. 좋은 스승은 제자가 준비되었을 때 만난다고 하지 않던가. 요가를 하다 보면 혼자서 몸이 삐뚤어진 지도, 잘못된 지도 모르고 그대로 계속하고 있다. 몸도 내가 쓰는 근육 위주로, 익숙하게 몸을 쓰게 된다. 매일 쉽게 하던 비둘기 자세인데 골반이 삐뚤어진 줄도 모른다. 선생님의 가벼운 터치에 전혀 다른 자극을 느낀다. 평소에 내가 하지 못하던 새로운 차원으로 한 단계 올라가기도 한다.

과연 삽질 같은 무수한 연습이 쌓이지 않았더라면 가능했을까? 그리고 스승님이 없었더라면 거기까지 도달할 수 있었을까?

요가의 동작들은 얼핏 비슷한 모양으로 흉내 낸다고 되지도 않을 뿐 아니라 수치로 증명할 수 있는 부분이 아님에도 조급함이 자꾸 일었다.

'나는 이 동작을 영영할 수 없는 사람인가? 다들 부드럽게 하는 것 같은데 난 왜 이렇게 숨이 막히고 어째서 늘지 않는지, 수업할 때 왜 그런 말을 했는지' 같은 답답한 마음이 일 때마다 요가에 에너지를 충분히 쏟지 못한 탓이라고 여겼다. 회사에 다니다 보니 시간이 없다는 핑계로 충분히 노력하지 못해 더 많이 늘지 못한다는 사실이 싫었고 그 생각은 회사에 있는 지금을 더 괴롭게 했다.

'삶에서 일의 의미가 무엇일까?', '돈을 버는 기계가 되고 싶지는 않은데, 나는 과연 어디에 내 인생의 시간을 보내야 하는가?'라는 생각과 함께, 회사에 다니기에 요가 수련은 조금 덜 해도 된다는 일종의 안도감으로 스스로를 합리화하곤 했다. 그것은 내가 조금 못하더라도 괜찮다는 일종의 보험 장치이기도 했다. 하지만 정말 그것에만 몰두했을 때 '내가 한 가지를 포기한 만큼 더 잘할 수 있을까'라는 불안도 함께였다. '이거 아니면 안 된다'라는 간절한 마음이 더 많은 성과를 가져다줄지 혹은 조급함과 집착으로 탈이 날 것인지 알 수 없었다. 용기가 부족한 것일까. 내가 어디에 제일 적합한 사람인지 알기가 어려웠다.

감정적 괴로움이 일어나니 명상, 심리학, 철학, 뇌과학, 인문학과 같은 마음공부에 시선을 돌렸다. 신체적 요가보다는 요가의 본질에 집중했다. 어느 순간 정신없이 몰려오는 '감정적 삽질'을 알아차리기 시작했다. 이리저리 올라오는 잡념을 알아차린다는 것은 명상 그 자체이다. 괴롭지 않은 것이 아니라, 생각과 감정을 객관화시킬 수 있다는 뜻이다. 결국 또 흘러갈 것임을, 생각을 놓아줄 줄 아는 지혜를 배워 가는 것이다.

니체는 "자신의 목표와는 전혀 상관없는 곳에 시간과 노력을 허비했을지라도 거기에서 자신의 최고로 현명한 모습을 발견할 수 있다"라고 했다. 이런 관점에서 우리의 삽질은 의미 있는 것이다. 세상을 바꾸는 변화는 쉽고 기발하게 등장한 듯하지만 그것이 나올 때까지 수도 없는 삽질을 한 결과일 테니 말이다.

05

오늘밤의 꿈

네가 생각하는 대단한 미래는 여기에 없단다.

즐거운 현재 오늘 밤의 꿈들이 있을 뿐이지.

<달러구트 꿈 백화점> 中

지금 여기 존재한다는 것, 즉 '현재를 산다는 것'은 어려운 일이었다. 현재는 미래에 뭔가가 되어 있을 나를 위해 희생해도 되는 어떤 것쯤으로 여겼었다. 현실에 안주하지 않았지만 만족하지도 못했다. 그렇다 보니 하루가 괴롭고 피곤했다.

요가 자격증을 따기로 하고 다녔던 첫 지도자 과정은 요가가 해야 하는 일과 스트레스의 하나가 되었다. '자격증 취득'이라는 미래의 목적을 위해 억지로 하는 일종의 의무감이 되어버린 것이다. 마치 입시를 위해 학원에 다니듯 퇴근 후 요가 자격증 취득을 위해 힘든 얼굴로 수업에 참여했다. 그런 상태이니 수업이 잘 흡수되지 않았다. 만족스러운 것보다는 불만스러운 점이 더 많이 보였다. 가르쳐 주는 것도 100퍼센트 흡수하지 못하면서 더 많이 가르쳐 주지 않는 것이 불만스러웠다. 빨리 과정이 끝나고 자격증을 갖고 싶은 마음만 일었다.

책 또한 읽기에 치중한 독서였기에 온전히 느끼지 못했다. 시간이 지나면 읽었는지조차 기억나지 않았다.

미래를 위해 현재를 저당 잡히지 않기

현실에 안주하지 않고 미래를 위해 현재의 고통을 감수하려 했다. 하지만 그럴수록 더 고통스러웠다. 현실이 불만족스러웠고 잘살고 있는 것인지 의문스러웠다. 그리고 그런 감정이 올라왔을 때 그냥 두는 법을 몰랐다. 흙탕물을 가만히 두면 점차 흙이 가라앉고 물이 투명해지듯이 어지럽혀진 마음 또한 두면 다시 고요하고 맑아진다는 것을.

우리는 상황을 그대로 인정하고 받아들이는 일을 어려워 한다. 순순히 받아들이지 못하고 계산하고 의심하고, 미래의 일을 다양한 상황으로 설정해 현재로 끌어들인다. '이렇게 (안 좋게) 되면 어떡하지?'라며 걱정을 눈덩이처럼 키우곤 한다,

요가를 할 때도 현재 하는 동작이 아닌 다음 동작을 생각하곤 했다. 더 어려운 동작을 잘 하기 위해, 쉬운 몸풀기를 하는 것으로 여겼다. 그렇기에 지금 하는 동작에서 느낄 수 있는 섬세한 자극을 바라보지 못했다.

'지금 여기에 존재하며 호흡하는 것' 자체가 요가였다. 계속 고정된 상태에 머무르라는 것은 아니다. 내 몸을 바라보고 새로운 동작에 도전해 본다. 안주하지 않지만, 현재에 온전히 머물러 즐길 줄 아는 연습을 하는 것이다. 오늘 밤의 꿈이 즐거워야 내일도 그럴 것이다.

'안주'와 '만족'의 차이

'만족'하는 것이 여기에 머무르며 '안주'하라는 뜻은 아니다. 하지만 지금 만족하지 못한다면, 더 많이 가진다고 만족할 수 있을까? 현존하는 지금이 가장 소중하다. 현재에 만족하고 감사하는 힘으로 또 한 걸음 내딛는 것이다.

파탄잘리는 요가란 지금 여기에 몰입하는 훈련이라고 말했다. 그저 지금을 받아들이고 인정하는 것이 간결하게 지금을 사는 방식이다. 있는 그대로 자신을 받아들이는 것. 꾸미지 않은 순수한 그 자체의 자신으로 지극히 자연스러워지는 것이 요가이다. 우리는 늘 외부의 시선에 의해 꾸미고, 어떤 사람이 되려고 애쓴다. 하지만 이미 세상에 존재한다는 사실만으로 충분히 가치 있다. 그 가치를 발견하지 못할 뿐이다.

구름에 가려진 별 또한 빛난다. 당장 빛나고 있지 않은 듯해도 지금도 여전히 빛나고 있다는 사실을 기억하자.

06

열정과 무리 사이

"가능한 만큼만 하세요, 무리하지 마세요. 오늘 내 몸이 받아들이는 만큼만 하세요"

힐링이 목적이라면 편안한 요가를 이어가며 너무 애쓰지 않는다. 가능한 범위에 머무르며 호흡과 심신의 안정에 집중한다. 성장을 위한 지도자 수업에서 수련할 때는 최대한 애를 쓰라고 한다. 힘들어도 더 버티라고, 조금 더 가라고. 어느 날은 허벅지 세포들이 놀랐는지 허벅지 안쪽이 터져 시퍼렇게 멍이 들었다. 하지만 죽을 것 같았던 그 한계를 뛰어넘었을 때의 성취감은 중독성이 있다. 많은 요가 수련자들이 수련 중 상처를 입기도 한다. 마치 국가 대표 선수들이 극심한 훈련으로 상처 입으면서도 몸을 만들어 갈 때와 비슷한 느낌이랄까. 애를 쓴다는 것이 상황에 따라 열정이 되기도 하고, 무리가 되기도 한다. 요가는 내 몸의 모든 것을 섬세하게 관찰하는 집중력으로 최선을 다해 자기 자신을 움직이는 수련이다.

적당히 해도 괜찮아요

너무 무리하지 말라는 말이 위안이 될 때도 있다. 내가 옆 사람보다 못하는 것 같을 때, 오늘은 조금 쉬고 싶고 애쓰고 싶지 않을 때는 그 말을 방패 삼아 의존하곤 한다. 어떤 때는 뻔히 보이는 합리화의 도구가 되기도 한다. 그렇지만 꼭 필요한 말이다.

내가 할 수 있는 최선을 다하되 무리하지 말라는 것이 고통이 없다는 뜻은 아니다. 다리가 부들부들 떨리고 더 이상 안될 것 같아도 버틴다. 점점 무거워져 내려가는 팔을 떨어뜨리지 않기 위해 노력한다. 오늘도 한 걸음 나아지기 위해 애쓰는 것. 나의 삶에 대한 열정이다. 그렇게 한 번 한계를 뛰어넘은 몸은 그 상태를 기억한다. 다음엔 조금 더 수월해진다.

고대 인도인의 아리아 정신에 의하면 삶의 최선을 위해 매일 스스로 훈련하는 것이 요가의 목표라고 한다. '매순간 삶의 최선을 끌어내려고 숭고한 노력을 다하는 사람'을 지향하고 있다. "세상의 집착과 혼란에서 벗어나고자 몸과 정신 그리고 영혼을 동원하여 총체적인 운동을 함과 동시에 육체적 훈련을 통해 정신이 강화된다"고 말한다. "수행자 자신이 해야 할 의무를 발견하여 몰입하되 결과는 신에게 맡겨 담담하게 수용하는 태도"를 이야기한다.

최선을 다하는 것과 무리하는 것의 경계가 어디인지 생각해 본다. 내가 어찌할 수 없는 것은 겸손하게 받아들이고 그저 나의 의무를 다하는 것이 아닐까. 무리하게 매달리며 올라가려고 하는 순간 집착하게 된다. 아등바등 애쓰는 순간 나를 사지로 몰아넣을 수 있다. 내가 아무리 열심히 씨를 뿌리고 농사를 지어도 자연재해가 온다면 그것은 내 힘으로는 어찌할 수 없는 것이다. 그러나 그 자연재해 덕분에 또 무엇을 얻을 수 있을지도 모를 일이다. "진인사대천명"이라는 말처럼, 인간이 할 수 있는 열정을 다 하고 나머지는 하늘에 맡기는 것이다.

내 수준을 한 단계 뛰어넘기 위해 열정적으로 지속한다는 것. 꼭 하지 않아도 되는 일에 계속해서 시간과 비용을 들이는 것은 좋아하기 때문이다. 흥미로운 것을 알아가기 시작할 땐 즐겁다. 그것은 모르는 상태이다. 이제 좀 알 것 같은 순간 다시 고통이 찾아온다.

좋아하는 일을 더 잘 해내려는 노력엔 즐거움을 쫓아내듯 성장통이 따라오지만, 온전히 몰입하며 열정을 다하는 삶이다. 성장을 위한 고통은 즐거움이다.

'잘 해내고 싶은' 어떤 것 하나를 품고 살아가는 것만으로도 잘 살아가는 것이 아닐까. 오늘 내가 할 수 있는 것에 최선을 다했다면 그거면 된다. 때가 있다고 믿기에 당장 결과를 보려고 하거나 자책하지 않고 끝까지 묵묵히 이어가는 것이다.

엑스헤일(Exhale) 비우다

나를 마주하고 바라본다.

갇혀 있던 나를 놓아주고 비워내 일상에 숨 쉴 틈을 주는 것이다.

2부

엑스헤일
: 나를
바라보다

01

안 괜찮아요

'겉으로 웃으면 마음도 웃는 것일까?' 웃고 싶지 않을 때도 웃곤 했다. 찡그린 것보단 웃는 얼굴이 낫긴 하지 않는가? 그래서 복이 오는지도 모르겠다. 복잡한 마음을 한 마디로 설명하기 어려워 그냥 괜찮다고 했다. 감정을 솔직히 표현하는 것에 서툴렀다. 내 감정이 상대에게 부담으로 닿을까 걱정스러웠다. 무엇보다 나로 인해 불편한 공기를 만들고 싶지 않았다. 그러나 어느 날은 곪아 터져버리기도 했다.

정말 괜찮은 걸까? 괜찮은 척하는 걸까 아니면 괜찮다고 믿어 버리는 걸까. 좋은 게 좋은 거라고 버텨보자고 하다가도 어느 순간은 쓰러져 버린다. 누구나 넘어지긴 마찬가지다. 이런 모습에 누군가는 실망하기도 하고 누군가는 나의 불행을 내심 기뻐하는 사람도 있다. 세상에 혼자만 있는 듯하다. 하지만 이게 끝은 아니다. 다시 하면 되는 것이다.

각자가 지닌 장점은 '중심이 선 자아'를 기반으로 긍정적으로 발현된다. 주위 환경에 잘 적응하고 배려심이 많은 기질 또한 단단하지 못할 때는 장점을 발휘하지 못할 수 있다. "피플 프레저"는 자신의 감정이나 욕구보다는 타인의 기분이나 필요를 살피며 그들에게 인정받고자 하는 경향이 강한 사람을 뜻한다. 다른 사람의 기분과 주변의 분위기를 맞추며 행동하는 성격은 대인관계가 좋고 사회생활을 잘하는 듯해 보인다. 하지만 때로는 상대의 기분을 살피느라 나의 불편함을 잘 드러내지 않는 탓에 많은 관계 속에서 쉽게 지쳐버리고 만다.

사실 이러한 성격은 상황의 흐름을 잘 읽고 지능이 높은 유능한 사람이라고 한다. 배려심이 많은 건 좋은 게 아니냐 자랑하는 거냐 할지 모르지만, 남들이 눈치채지 못하게 여러 상황을 그려보고 '지나친 배려'를 한다는 것 사실 자신의 에너지를 소진하는 일이기도 하다.

나를 먼저 아껴주기

진짜 중요한 건 '나'이다. 내가 먼저 괜찮아야 한다. 누군가는 나를 미워할 수 있다. 모든 사람을 배려하고 좋은 사람일 필요는 없는 것이다. 내 감정에 조금 솔직해지기로 했다. 나를 힘들게 하는 것은 멀리하기로 한다. 무례하게 선 넘는 사람들이 나를 함부로 하도록 두지 않기 시작했다. 먼저 '불편한 상황 또한 있을 수 있다'는 것을 인지해 보는 것이다. 상황을 모면하기 위해 괜찮은 척 '그럴 수 있지'라며 웃어넘기면 걷잡을 수 없는 더 불편한 상황이 생긴다. 그것은 자신을 소중히 하는 방법임과 동시에 상대가 의도치 않게 더 나빠지지 않도록 관계를 지키는 방법이기도 하다.

웃으며 노련하게 대처하는 법은 아직도 어렵지만 가장 중요한 것은 '나를 먼저 아껴주어야 한다'는 점이다. 내 안의 감정을 외면하지 말고 직시하는 것이 나를 아껴주는 방법의 시작이다. 그리고 마음 놓고 나의 배려심을 가득 줄 수 있는 사람으로 주변을 채워 가는 것이다.

02

즐거운 쳇바퀴

운명의 수레바퀴는 멈출 줄 모르고 쉼 없이 돌아간다.
그러니 숙명이려니 하며 상승기에는 즐기고
하락기에는 이를 앙 다물고 버티면 된다.
시간이 지나면 다시 상승기가 찾아올 것이기 때문이다.

- 베르나르 베르베르

요가의 피크 포즈를 더 잘하려면 매일 몸을 다시 처음부터 풀어야 한다는 사실이 문득 나를 무겁게 했다. 몸과 마음이 편해지기 위해 하는 요가가 부담과 무게로 느껴질 때 혼란스러운 감정이 찾아오곤 했다. '피크 포즈'란 쉽게 그날 요가 동작 중 가장 메인이 되는 난이도 있는 동작을 말한다. 다소 쉬운 동작부터 약 1시간의 수업이 구성되어 비교적 어려운 동작은 끝날 무렵 하게 된다.

어느 날은 피크 포즈를 정하고 요가를 한다는 게 힘들게 느껴졌다. 평소 살아가면서도 회사에서도 목표를 갖고 살아가는데 '요가 할 때마저도 이렇게 목표를 둬야 하나'싶어서 그냥 몸이 원하는 대로 움직이곤 했다.

한 해가 시작되고 어김없이 올해 계획을 세운다. 회사에서는 프로젝트 일정을 논의하며 매주 월요일은 팀 미팅, 수시로 진행 상황을 보고해야 한다. 내가 생각하는 방향과는 다른 일 속에, 상사의 꾸지람 속에, 나는 이미 지쳐있다. 어제 밥을 먹었지만 오늘도 밥을 먹는 것처럼 운동을 해야 해서 힘들게 했다. 출근도 요가 수련도 일상이 어쩐지 쳇바퀴 같다며 부정적 감정이 올라온다. 아무런 고민이 없는 안정적인 쳇바퀴 같은 일상을 살다가는 권태로움에 사로잡힌다. 쳇바퀴 굴레를 만들어내기 위해 그간 그렇게 노력해왔다는 것을 종종 잊곤 한다.

한 철학자는 "사람들은 평화와 천국을 꿈꾸지만 권태로움이야말로 지옥이 되는 순간"이라고 한다. 평화로움은 괴로움과 고통 사이에 양념처럼 있을 때 진정으로 행복한 순간일지 모른다.

권태와 평화

'오늘 잘 풀어놓은 몸이 내일이면 또 굳어서 처음부터 시작해야겠지? 힘들다…' 어제 밥을 먹었지만 오늘 먹는 것처럼, 수련도 일상도 똑같다. 꾸준히 하다 보면 나도 모르게 내 몸이 달라지는 순간을 느낀다. 어려웠던 동작이 편하게 된다. 그러나 삶의 많은 것들이 그렇듯 일정 수준에서 정체기가 올 때가 있다. 그 단계에서는 버티는 것이다. 묵묵히 계속하거나, 방향을 바꾸어 초점을 다시 잡는다. 보이지 않게 쌓이고 있는 것들이 당장 결과로 보이지 않아 답답할 때도 있다.

퇴근 후 요가를 가르치며 시간과 에너지가 부족하단 이유로 수련을 게을리했다. 매일 수업을 하는 것이 아님에도 수업이 없는 날엔 핸드폰을 보며 빈둥대기 십상이었다. 어느 날은 '나는 충전 중이야' 또는 '나는 게을러….'라며 자책한다. 한꺼번에 많은 역할을 스스로 자초해놓고선 그 기대에 부응하기 위해 무리하게 일들을 했다. 그리고 기대를 충족시키지 못하면 나 자신을 '게으르다'고 자책하면서 '충분히 노력하지 않았다'는 파괴적인 감정을 느끼곤 했다.

몸의 면역력이 떨어지면 감기에 걸려 휴식과 치료가 필요하듯 마음도 한 번씩 이유를 알 수 없는 감기에 시달릴 수 있다. 계절성 독감처럼 말이다.

중요한 관심과 우선순위도 때에 따라 달라진다. 나는 완벽하지 않다. 누구도 완벽할 수 없다. 완벽하지 않다는 게 게으르다는 뜻은 아니다. 게으름은 완벽함과는 전혀 다른 문제이다.

수련을 매일 하지 않는다는 자책, 어려운 동작을 잘 해내고 싶은 마음이 '타인과의 비교를 통해 만들어 낸 나에 대한 엄격한 잣대'는 아니었을까?

내 몸에 대한 평가와 질책을 일삼던 마음을 내려놓고, 내 감정을 외면하지 않고 바라본다. 왜 그토록 좋아하는 요가에 대해 힘든 감정을 느끼는 것인지. 나를 깊숙이 바라보고 직면하는 시간이 필요하다. 이 또한 내 마음과 몸에 균형을 찾아가며 수련하는 과정이 아닐까.

쳇바퀴 같은 루틴의 소중함

다소 쉬운 아사나를 통해 섬세하게 몸과 호흡의 감각들을 알아차리는 것, 차분하게 일상과 균형 잡는 연습을 하는 것이 현재의 나에겐 더 중요한 요가였다.

각자의 상황과 상태에 맞는 적합한 요가가 있다. 수업을 듣는 분들에게도 그러한 요가를 나누려고 했다. 나를 질책하기보다는 격려해 주며 잘하고 있다고 토닥이며 여유를 찾아갔다. 그렇게 눈을 감고 몸의 감각에 온전히 집중하며 나를 알아차리는 수련을 했다. 나에게 몰입해서 수련하고 나면 비로소 내 몸과 마음도 가볍고 개운한 에너지로 다시 채워졌다.

조금 지쳐있을 땐 힐링과 활력을 주는 요가를 해보고, 에너지가 다시 차오르면 한계를 넘어보는 요가를 한다. 그때그때 내 몸과 마음의 컨디션을 조절해 가는 이 과정이 쳇바퀴 같은 소중한 일상이자 요가인 것이다.

'가르치는 것보다 수련과 배움에 할애할 때가 온 것 같아.' 라는 결론에 달할 즈음 나는 다시 쳇바퀴처럼 매트에 올라간다. 그저 나 자신에게 충실하고 싶으니까.

03

반다 잡으세요

요가를 하면서 영상을 자주 찍는다. SNS에 올리기 위한 목적도 있지만 내 몸을 검토하기 위해서이다. 배를 대고 엎드려 양손으로 발목을 잡는다. 상 하체를 위로 올리는 활 자세를 한다. 있는 힘껏 몸을 천장 쪽으로 끌어 올릴 때면 엄청 많이 올라간 것 같은데, 영상에 담긴 내 모습은 우습다.

목표한 바를 이루고 성취하며 살아왔다. 이것만 해결되면 끝일 것 같지만 모든 건 새로운 시작에 불과했다. 많은 요기들이 평생을 수련한다. 나의 한계를 계속 넘어가 보기 위해

서이다. 유연함 속에 단단한 힘, 힘을 줄 때는 주고 뺄 때는 뺄 줄 아는 능력을 갖추는 연습을 한다. 수련을 게을리하면 몸은 바로 둔해지고 굳어진다. 이것은 우리 삶과 닮아있다. 의식하지 않으면 금세 티가 난다. 어디까지가 내 한계이고 끝인지 알 수 없다. 2등은 1등을 바라보며 이기려고 노력하지만, 1등은 어제의 나를 넘어가기 위해 날마다 훈련하며 살아가는 것이다.

에너지를 깨닫는 일

요가에는 “반다”라는 개념이 있다. 쉽게 설명하면 에너지를 몸 안에서 잡는 것이다. 비슷한 느낌으로는 괄약근을 조이는 것이 있다. 몸의 부위별로 에너지를 잠그는 반다가 있어서 요가 동작을 할 때 이를 조절하는 힘이 필요하다. 하지만 아무리 이야기를 들어도 이해가 되지 않았다. 선생님은 수업 중 “반다 잡으세요”, “반다 놓치지 마세요”라고 이야기한다. 반다를 사용하면 동작이 어떻게 다르다는 것인지 알 수 없었다. 여러 선생님께 다양한 수업을 들어보기도 했지만, 쉽사리 느껴지지 않았다. ‘이거를 말하는 건가?’ 긴가민가하곤 했다.

저 사람은 쉽게 잘 되는 것 같은데 나만 뒤처지는 것 같다.

이는 온전히 스스로에게만 집중하라고 하는 요가의 세계도 마찬가지였다. 그냥 되는 법이란 없다. 강사가 된 후 새로운 세계에 발을 들여 더 두리번거리기 시작했다. 요가 수련만 하면 되는 게 아닌 강사로서 입지를 다진다는 것이, 멋진 선생님들 사이에서 한참 모자라 보였다. 여러 사람을 보며 힐끔거렸다. 나에게 몰입하지 않을 때 더 주변을 두리번거리게 돼 곤했다.

외부에 시선이 지나치게 돌아가고 에너지가 흩어지면, 본질을 놓치게 된다. 타인이 원하는 나인 척 연기하고 자신을 존중하지 않기 시작한다. '진아(眞我)'를 놓치면 타인이 원하는 나의 모습의 허상으로 살아갈 뿐이다.

다시 나에게 의식을 가져온다. 내 수련에 온전히 몰입하면 옆에서 어떤 사람이 동작을 어떻게 하는지 의식할 틈이 없다. 그렇게 꾸준히 매일 수련하던 어느 날 '아, 반다가 이거구나'라는 느낌이 왔다. 마치 "유레카"같다고 할까. 얼핏 그냥 늘려내고 꺾고 있는 것 같은 요가 동작 안에는 반다의 힘과 보이지 않는 미세한 에너지가 작용하고 있음을 몸소 깨달은 것이다. 반다를 느낀 이후 '여태껏 요가 수련을 반만 하고 있었구나'라는 생각과 함께 요가 수련자로서 한 차원 더 성장했음을 느꼈다.

두리번두리번할 때도 있다. 변하지 않는 것 같아도 나를 응시하며 계속하고 있다면 나아가고 있는 것이었다. 멈춰있는 것만 경계한다면 천천히 가도, 돌아가도 괜찮다.

04

작은 우물

“왜 조금 더 단단해질 수 없었을까?”

“또 미끄러졌다”

내가 작은 우물에 갇히지 않도록 하늘은 계속해서 나를 시험했고 나는 요가와 함께 스스로 그 답을 찾아갔다.

좋아하는 일을 따라가다 보면 자연히 잘 될 줄 알았다. 강아지도 간식을 줘야 앉는데, 보상이 없는 일방통행은 괴로웠다. 인정받지 못한다는 사실이 패배감을 가져오기도 했다.

한두 번은 어떻게 스스로 다독여 봤지만, 다음은 어떻게 해도 괜찮지 않았다. 크게 분노했고 화가 나다 못해 아무런 감정이 들지 않는 지경이었다. 그러다 갑자기 알 수 없는 감정이 복받쳤고 화가 나다가 어이가 없어 웃기기도 했다. 마치 주식시장의 그래프, 이별의 롤러코스터를 타는 감정 변화와 비슷했다. 하지만 나는 그곳에서 이별을 할 수는 없는 노릇이었다. 그 순간, 앞으로 어디로 가야 할지 알 수 없었다.

온 세상이 깜깜해 보일 때

고통은 상대적인 거라 내 몸에 난 생채기가 가장 아프다는 말, 남의 아픔을 함부로 재단할 수 없다는 것을 비로소 알았다. "다음엔 잘 되겠지, 인생에 그게 전부가 아니야"라는 말들은 별 위로가 되지 않았다. 내가 그려온 계획대로라면 지금의 나는 이 정도의 위치는 와 있어야 했다.

그 길 만이 최선이고 전부인 줄 알았으니 앞으로 어떻게 해야 할지 앞이 막막했다. 우울함이 깊은 곳까지 파고 들어가 집에 돌아가는 길에도 눈물이 그렁그렁했다. 그리고 그 화살은 제일 믿을 구석인 현 남편(구 남자친구)에게 돌아갔다. 내가 이렇게 힘든데 기대만큼 나를 위로해 주지 않는 것에 대해서 괜히 서운함을 토로하기 시작했다. 내가 생각해도 참 별로인 사람이다. 누군가를 원망하며 내 안에 미움으로 가득 채우기도 했다. 그러니 온 세상이 깜깜해 보였다.

사람이 나에게만 일어나는 듯한 고통에 대한 이유를 찾지 못하면, 내가 컨트롤할 수 없는 어떤 초월적인 힘이 있다고 믿어 버리는 게 고통에서 벗어나는 방법일지도 모른다. 그것이 우리가 종교나 신에게 의지하는 이유일 지도 모르겠다.

인생의 동반자를 만났을 때는 어쩐지 하늘이 도와주는 듯했다. 상대는 물론 상황이 자연스레 '결국은 함께 할 사람이야'라는 신호를 보내왔다. 반면에 내가 가장 회사에서 열정적이던 당시, 나의 힘을 벗어난 어떤 영역에서 어떻게든 상황을 헝클어트렸다. 내가 얼마나 무너지고 좌절하는지 시험했다. 그러나 후회하고 싶지 않았기에, 그 이유가 내 탓이 아니길 바랐기에 최선을 다했다. 나를 지독하게 시험하고 있었다. 꽤 끈질긴 끈기와 내가 가진 편협한 시야에서 벗어나도록 말이다.

'너는 그릇이 더 큰 사람이야. 네가 했던 선택이 틀릴 수도 있고, 또 다르게 만들어 갈 수도 있어'

어느 순간 내 마음속 메시지를 들었다. 지금 내가 할 수 있는 것들에 집중했다. 요가는 내가 이리저리 헤맬 때 더 이상

중심을 잃지 않도록 도와주었다. 때로는 나를 둘러싼 매트 밖의 세상과 조건이 너무도 싫어 모두 다 놓아버리고 싶을 때도 매트 안에서는 편안했다. 내가 더 이상 다치지 않고 무너지지 않도록 붙잡아 주었다.

매트 안에서 몰입할 때의 내가 좋았다. 누구도 신경 쓰지 않고 오로지 나에게만 집중하며 지친 몸과 마음을 회복해 가는 시간. 자연에서 하는 요가는 더할 나위 없다. 지금 여기 있는 나, 시원한 바람, 새소리, 하늘을 온전히 느낄 수 있다.

'뭘 그렇게 힘들게 애쓰고 살았나?' 싶다. 힘겹게 땀 흘리는 수련 후 꿀 같은 '사바아사나' 시간. 등을 바닥에 대고 온몸에 힘을 빼고 누우면 깃털처럼 가벼워지곤 한다. 누군가에게 상처받고 원망하며 나와 누군가를 질책하던 마음은 어느새 사라지고 마음이 가볍다. 땀방울을 식히는 시원한 바람, 편안하게 가라앉은 내 몸. 그렇게 눈을 감으면 스르륵 잠에 들기도 한다. 그 고요함 속에 빠져들어 깨고 싶지 않다. 눈을 뜨고 매트 밖으로 나가면 냉혹한 현실이 다시 시작될 것이다. 불편한 상황, 가면을 쓴 내 모습들 '고요한 매트 안 세상에 쭉 머물러 있을 수는 없을까?'

내가 속한 환경에서 관심 있는 직무를 배웠고 의미를 찾으려 노력했다. 나를 위해서 했다. 아무리 괴롭고 힘들어도 내가 속해 있는 곳에서 나의 도리는 해야 했다. 그것은 내가 선택한 것에 대한 벅찬 책임감이기도 했다. 그러면서 사람들의 말과 행동에 상처받고, 눈치를 보며 나를 질책하는 매트 밖의 세상은 너무 혹독했다.

고통을 다루는 즐거움

아무리 고민해도 답이 나오지 않았던 문제, 막막했던 순간들, 걱정해도 해결되지 않는 것은 제쳐두고 내가 좋아하는 것에 집중했다. 인간에게 망각은 신이 준 큰 선물이라 했던가, 또 그렇게 고통은 금세 잊히고 삶은 흘러가고 있었다. 어느샌가 더 많은 곳에서 나를 찾고 넓은 세상에서 원하는 일을 할 수 있는 사람이 되었다.

'학교에서는 왜 고통을 다루는 법에 대해 가르쳐 주지 않았을까?' 나름 성실한 학생이었지만 입시는 만족스럽지 못했다. 공부를 열심히 한 줄 알았던 나의 진짜 공부는 사회에 내던져진 후부터였다. 어리고 부족했던 내가 지금까지 성장할 수 있던 것도 나를 그토록 괴롭게 했던 상황들 덕분이었다.

새로운 세계를 배워가는 것은 즐거운 일이다. 그것이 때로 고통스럽다할지라도.

05

단짠 단짠의 삶

삶에서 위기와 불안함으로 인한 마음고생은 실패가 아니라 어떤 변화에 있어 꼭 필요한 것일 수 있다. 살다 보면 한 걸음 한 걸음이 벅차다는 생각이 들 때가 있다. 뭐하나 쉽게 되는 법이 없다. 잘 풀리는 듯싶으면 다시 어려움이 다가온다. '내가 행복해하는 걸 하늘이 질투하나?' 싶기도 하다. 이번 생은 '단맛'보다 '쓴맛'이 많은 듯하다.

삶의 희로애락이 누구에게나 있기에 어느 날은 부정적인 감정에 빠지기도 한다. 안 좋을 땐 더 안 좋지 않아 감사하며 그 시간을 묵묵히 견뎌 나가면 되건만 마음처럼 잘되지 않는다.

좋아하는 일을 하고 산다고 해서 늘 '단맛'은 아니다. 좋아하는 일을 둘러싼 환경과 상황들은 '매운맛'이 더 많은지도 모르겠다. 서로를 끊임없이 평가하고 누군가를 이겨야 하는 환경에서 '본연의 나'를 지켜내기 위해 괴로워했는지도 모른다.

'현타'라는 소나기 피하기

내 마음은 하기 싫지만, 몸을 어떻게든 매트 위에 올려두는 날이 있다. 이런 날은 요가를 시작하고도 쉽사리 집중되지 않는다. '빨리 끝났으면 좋겠다'라고 생각하며 대충 동작을 이어 가고 있다. 그리고 조금씩 알아차려 본다. 내가 '지금'에 집중하지 못하고 있음을, 온전한 힘을 쓰지 않고 껍데기 동작을 하고 있음을 알아간다. 호흡 소리에 조금 더 귀 기울이며 벗어난 의식을 여기로 가져온다.

한 동작, 다음 동작을 반복할 때마다 내 호흡이 더 길어지고 있는지 바라본다. 그렇게 조금씩 잡념이 사라져가고 어지럽던 머리는 어느새 아무 생각이 나지 않는다. 등에 땀이 흥건해지며 지금에 몰입하고 있는 나를 발견한다. 부정적인 에너지는 어느새 맑아지고 이내 좋은 기운으로 채워간다. 왜 우울했는지 기억이 잘 나지 않는 단계에 이른다.

감정과 마음은 소나기 같다. 비가 쏟아지는 순간에 잠시 어딘가에서 쉬어가듯, 나의 뇌의 회로를 바꿔주면 금세 햇빛이 찾아온다. 운이 좋으면 무지개를 만나기도 한다. 한 번씩 찾아오는 '현타'라는 소나기는 어느새 금방 지나간다. 그렇게 언제 그랬다는 듯 밝게 갠 날이 다시 펼쳐지는 것이다.

쉽게 산다는 것

쉽게 산다는 것은 결국 얻는 것 또한 적다는 뜻이 아닐까. 쉬운 것, 그냥 얻어지는 가치 있는 것은 없다. 세상에 공짜는 없다. 누군가의 성과를 보며 사람들은 쉽사리 "저 사람은 운이 좋았어"라고 말하곤 한다. 그 이면의 무수한 실패와 노력의 과정은 덮어둔 채 말이다.

무언가 시작하기 전에는 늘 두려움이 발목을 잡는다. 막연하고 모를 때 두려움이 커진다. 그런데 막상 해보면 별거 아닌 경우도 많다. 생각지도 못한 어려움을 마주하기도 하지만 말이다. '어차피 사람이 다 하는 일인데'라고 생각하면 못할 일도 없다. 하지만 그것이 결코 쉽다는 뜻은 아니다. 엄마 배 속에서 자라 태어나고 죽을 때까지 삶 자체가 쉽지는 않기에 가치 있는 무엇인가를 얻으려면 쉽게 얻을 수는 없다.

삶의 궁극적인 목적을 찾지 못한다고 해서 삶이 의미가 없거나 빛나지 않는 것은 아니다. 무엇이 되기 위해, 어떤 결과를 위해 사는 것만이 가치 있는 삶은 아니다. 무탈하게 매일 똑같이 흘러가는 삶 또한 감사한 일이다. 단지 나의 진정한 자아와 세상이 만나길 원한다면, 내가 진정으로 원하는 삶의 의미와 빛, 진정한 가치를 찾기 위해서는 평범하게 가 아닌 부단히, 때로는 서글프게 노력해야 한다는 것이다.

"불안과 고통은 필연이지만, 나를 둘러싸고 있는 어떠한 막막한 틀에서 그대로 몰락할지 아니면 그 알을 깨고 나올지는 자신에게 달렸다."

나는 자주 불안했고 답답했고, 막막했다. 그렇지만 그 틀을 깨고 나가려고 했다. 물 한 방울이 오랜 시간 떨어져 바위를 뚫듯 우리는 그렇게 어쩌면 불가능해 보이는 삶에 사명을 끊임없이 찾아야 하는 것일지도 모른다.

완벽한 때란 없다

오늘도 쉽지 않고 내일도 그럴 것이다. 실수투성이인 나를 자책하고 후회를 반복할지도 모른다. 하지만 분명한 것은 어제보다 조금씩 더 나아지고 있다는 사실이다. 조금 더 나은 내가 되기 위해 오늘도 노력하며 아파한다.

얼마 전 쓴 글을 보며 부끄러움에 이불킥을 한다. 끝이 없는 수정을 반복하며 두통에 시달린다.

하기 싫은 생소한 요가 동작을 하며 한계에 부딪힌다. 나아지는 과정은 무엇이든 불편함을 동반한다.

새로운 것은 낯설고 어렵다. 하지만 불편함을 직면할 때 비로소 성장하기 시작한다.

마음의 소리에 귀를 기울이고 그저 시작해보자 완벽한 때란 없다. 지금 시작하자.

오늘의 요가도, 내일의 요가도 완벽하지 않다. 하지만 오늘의 수련은 오늘만 할 수 있다.

인헤일(Inhale) 채우다

나에게 몰입하고 채워 간다.

나를 존중하고 타인을 이해하며 균형을 알아간다.

3부

인헤일
: 나를
채우다

01

요가하면 예민해져요?

요가로 결리는 몸 구석구석과 마음의 응어리를 풀어낸 후에는 가뿐했다. 내가 정화되는 느낌이었다. 그러나 요가 밖의 세상으로 돌아가면, 어쩐지 조금만 지나도 몸과 마음이 불편한 것 같았다. 일상의 사소한 것에서 즐거움을 많이 느끼고 요가를 통해 몸과 의식의 감각이 깨어난다는 것은 좋은 일이었지만, 조그마한 자극과 몸의 불편함도 잘 느끼게 되는 듯 했다. '그냥 모르면 피곤하지 않을 것에도 너무 예민해지는 건 아닌가?'라고 걱정하기 시작했다.

내 안에 다양한 기질이 있기에 '어느 면에서는 둔감한 편이었던 내가 점점 더 예민한 기질을 갖게 되는 것은 아닐까?'라는 물음에 대한 답을 알지 못해 비워둔 채로 있었다.

어떤 관점에서 바라보나요?

나보다 요가의 길을 오래 걸어오신 스승님께 여쭤보며 간단한 해답을 찾았다. 문제는 예민함이 아니었다. 나도 모르게 부정적인 관점으로 생각하고 있다는 사실이었다. 미각이 좋아서 풍부한 맛을 잘 느낀다는 것, 내 몸의 불편함을 빠르게 인지하고 더 나빠지지 않도록 고칠 수 있다는 점, 분위기와 변화를 빠르게 캐치하고 일상에서 기쁨을 잘 느끼는 감각은 분명 좋은 일인데 말이다.

'긍정적인 예민함'은 재능이었다. 무심코 지나칠 수 있는 것에서 의미를 찾고, 영감을 받는 것, 디테일을 챙기는 삶의 방식은 축복이 아닐까. 세상이 모두 바라보는 관점에 따라 달라지며 일장일단이 있다고 하면서 나도 모르게 부정적 관점으로 바라보고 있었던 것이었다.

예민한 것은 섬세하며 감각이 살아 있다는 뜻이다. 내가 삶에 즐거움을 많이 느끼는 이유 중 하나는 오감에 깨어있었기 때문이었다. 맛있고 재밌는 게 많고, 감동을 잘 느끼고, 예쁘고 아름다운 게 더 많이 보이는 것이다. 행복을 하나의 사진으로 정의하면 "좋아하는 사람과 맛있는 음식을 먹는 것"이라고 한다. 이토록 행복은 단순하기에 사소한 기쁨을 자주 느끼는 나는 삶에 행복 지수가 높아진 것이다.

나를 위한 주문

내 안의 여러 가지 기질을 인정하고 긍정성을 강화해 보는 것은 어떨까? 이런 모습도 저런 모습도 나일 수 있다. 환경과 조건의 변화에 따라 지금 나의 단점이 미래의 장점으로 바뀔 수도 있다.

내가 변하고자 하는 모습을 상상하고 기도해본다. 생각은 에너지이고 이는 곧 우주에 보내는 주문과도 같다. 걱정은 좋지 않은 일을 기도하고 있는 셈이다. 시기질투는 결핍을 끌어당긴다. 부정적인 생각은 활력 에너지를 없애고 우울감을 끌어들이는 것이다. 다시 주문을 외워보자.

'나는 더 나아질 수 있다'

02

씨앗과 씨앗

인간은 누구나 유일한 존재이며,
우리들 각자는 남이 갖고 있지 않은 자기만의 특성을 갖고 있다.
그 특징이 곧 우리가 삶에서 펼쳐나갈 재능이라는 것이다.
〈무탄트 메시지〉 中

왜 남들에게 맞춰 나를 증명하려고 할까. 존재하는 자체로 충분히 괜찮은 나를 타인의 시선에 맞추기 위해 애쓰며 노력한다. '누군가의 사랑을 받기 위해 나를 사랑하지 못하는 것은 아닌가?' 우리의 눈과 의식은 끊임없이 외부로 향하기 때문에 그 시대와 상황에 맞춘 왜곡된 시각을 가질 수밖에 없을지도 모른다.

내 안의 '진짜 나' 그리고 '표면의 나'를 만드는 무의식이 있다. 심연의 나를 미세하게 바라보지 않는다면, 진짜 나라는 사람은 그렇게 휩쓸려 사라져버리고 말 것이다. 어쩌면 나의 진짜 모습은 뒤로 숨기고, 누구나 좋아할 만한 모습과 행동으로 나에 대한 편견을 스스로 만들고 있는지도 모르겠다. 미움이 두려워 혹은 '좋은 사람'이고 싶어서 내 마음은 외면한 채 뒤로 숨어 버리는 것은 아닐까? 남들과 비슷하게 평범하고 무난한 게 좋다며 나의 특별한 어떤 면모는 감추고 말이다. 나 스스로에게 만족할 수 있는 온전한 내가 될 수는 없을까.

나라는 씨앗

많은 사람이 자신의 씨앗을 피워내지 못한다. 나의 잠재력을 온전히 발휘하지 못하고 살아간다. 니체는 말한다 "본능적으로 너무 일찍 스스로를 알아차리는 것은 위험하다"라고. 사람은 무한한 가능성을 지닌 존재이며, 그 안의 잠재된 능력을 하나씩 발휘하기 전에 자신의 한계를 설정해서는 안 된다고 한다.

나는 여전히 스스로를 탐구하며, 더 나은 나를 찾아가고 있다. 그런데 타인을 온전히 알 수 있을까? 우리는 나처럼 타인 또한 내가 설명하고 정의할 수 있기를 바라곤 한다. 게다가 내가 타인을 바꿀 수 있다는 어처구니없는 희망을 품기도 한다.

나를 둘러싼 좋지 않은 시선으로부터 나를 설명하고 증명하려고 애쓰지 않아도 괜찮다. 시각이 다를 수도 있고 거기까지만 볼 줄 아는 사람일 수도 있다. 또는 지금 속해 있는 환경이 맞지 않을 수도 있다. 미운 오리 새끼가 오리들 사이에서 힘들었던 이유는 오리가 아닌 백조이기 때문일 수 있는 것이다.

내 가치를 충분히 인정받지 못하는 것 같았다. 힘들기만 했던 것은 아니다. 어떤 상황이든 의미를 찾아보려 노력하는 나는 어쩌면 그래서 더 괴로웠다. 이 '견딜만한 고통'이 나를 계속 옭아매는 듯했다. 어릴 적부터 꿈꿔왔던 직업이 나에게 맞는 일인지 의심스러웠다. 남들이 보기엔 그럴 듯 괜찮아 보였다. 누군가에게는 이 또한 배부른 소리라며 욕심이 많다고 할지도 모른다. 안정적이고 무난한, 사랑도 받는 나쁘지 않은 삶이었다. 하지만 진짜 만족하는지는 나만 알 수 있다.

휴가를 쓰고 여행을 가면 당시는 즐거웠지만 현실로 돌아오면 그 삶은 더 괴롭게 느껴졌다. 여행이 '잠시의 회피'로 작용했다. '일'은 내 삶의 일부이며 온전히 분리된다는 것은 불가능했다. 나는 일의 의미와 성장을 중시하는 사람이었다. 그때부터는 현실을 피하지 않기로 했다. 불필요한 에너지 소모는 줄이고 나에게 정말 중요한 것들, 나의 가치를 높이는 일들을 계속 쌓아갔다.

내가 만드는 내 삶의 가치

책 읽기와 요가는 가까워질수록 내가 행복해지는 방법이자 시간과 돈을 들여 어떻게든 하고 싶어 하는 것이었다. 이것들을 한다고 당장 내 가치를 인정받거나 결과가 나오는 것은 아니었지만 나의 공허함을 채워주고 있었다. 차츰 나를 피워내는 하나의 '가치있는 일'이 되었다.

성숙한 내가 된다는 건 어떤 자격시험 같은 것을 통과하는 게 아니다. 그저 나도 모르게 삶의 더 높은 순간을 넘어가며 자연스럽게 이뤄지는 것이다. 그렇게 또 다른 나를 발견하고 찾아가고 있었다.

03

나다운 어른

어른이 되어서도 우리가 그토록 괴로워하는 이유는 '나에게 맞지 않는 옷'을 입어서이지 않을까? 편한 옷만 입고 사는 사람이 얼마나 되겠느냐마는 '자연스럽게 맞으면서도 나만의 매력을 발휘할 수 있는 스타일'을 찾는다는 것이 어쩐지 쉽지 않은 일이다. 불편한 신발을 신고 나간 날은 내내 발이 피로하다. 조금 불편하지만, 왠지 있어 보이는 듯한 옷을 입었을 때 온종일 신경이 쓰여 그날은 더 고된 느낌이다.

삶의 여러 가지 방식이 결국은 주파수 맞추기가 아닐까 생각해 본다. 나의 기질과 사회 속에서 주파수를 맞추고, 나와 주파수와 맞는 사람을 만나면 편안해지고 하는 것들 말이다.

주파수를 맞춰요

주파수가 맞는다는 것이 무엇일까? 많은 사람들이 "대화가 잘 통하는 사람"을 이상형으로 꼽는다. '티키타카'가 잘 되고 "내가 아 하면 어 한다"라는 것과 같은 어떤 것.

나와 주파수가 정확히 맞는 사람은 찾기 어렵다. 대게는 맞지 않는 사람이 대부분인 것을 당연하게 생각하면 조금 더 편하다. '맞춤 옷'처럼 잘 맞는 것 같던 관계도 상황에 따라 잘못된 선택을 한 것 같기도 하다. 오죽하면 우스갯소리로 부부관계가 평생을 맞지 않는 로또 같다고 할까. 과연 '나와 완벽한 일치하는 사람'이 또 다른 나와 살아갈 수 있을까? 나는 또 다른 나와 살아갈 자신은 없다. 어쩌면 우리가 타인에 대해 이해하지 못하는 부분이 있기에 우리가 어우러져 살아갈 수 있는지도 모른다.

내가 지금 하고 있는 일과 상황이 내 기질에 잘 맞는다는 것 또한 어렵다. 나다운 스타일을 찾고 주파수를 맞추기 위해 부단히 노력해야 하는 일이다. 정말 좋아하고 맞는 것 같았지만 맞지 않을 수 있고, 옷은 괜찮은 것 같으나 신발이나 액세서리가 어울리지 않을 수 있다. 스타일 자체는 멋있지만 예기치 못하게 그날 가게 된 장소가 바뀌어 운이 좋지 않게 불편한 상황이 펼쳐질지도 모른다. 여러 가지 상황에 의해 일이 잘 풀리지 않을 수도 있는 것처럼 말이다.

하지만 간절히 찾기 원한다면 언젠가는 가장 자연스러운 '나의 멋'에 가까워지지 않을까?

요가 이론에 기반하여 사람에게는 변화하는 많은 기질들 속에 변하지 않는 "진아(眞我)"가 있다. '진짜 나'와 세상과의 주파수를 맞추는 어른이 되는 것이다.

'어른이 된다는 것'이 꿈을 하나씩 포기하고 현실과 타협해 가는 과정, 혹은 내가 그다지 특별한 존재가 아님을 알아가는 과정이라고도 한다.

대부분 어릴 때는 큰 꿈을 꾸기도 하고 궁금한 것도 많다. 하지만 생계를 꾸려 나가다 보면 점점 꿈은 잃어가고 현실이라는 벽에 부딪혀 타성에 젖어간다. 내가 정말 원하는 것이 무엇인지 바쁜 일상에 치여 고민할 시간조차 없다. 그렇게 나의 고유한 색은 점차 흐릿해져 간다.

단계별 목표를 좇느라 버겁기도 하다. 입시, 취업, 결혼, 육아 이후에는 아이의 입시로 누군가 지정해 둔 단계별 퀘스트를 깨기 위해 사는 것인가? 원하던 어떤 단계에 도달하더라도 위를 쳐다보면 끝이 없는 무한 굴레의 늪에 빠진다. 세계적 부자는 지구 밖의 또 다른 행성을 찾게 되는 것이다.

정답을 모를 때 우리는 외부에 시선을 돌린다. 주변 친구에게 물어보고, 남들도 다 비슷하게 이렇게 산다는 말을 듣고 싶어 한다. 내면을 단단히 하지 않으면 남이 내린 결론으로 세상을 보기 쉽다.

'온전히 나 스스로였던 적이 있었던가?' 그 정도면 괜찮은 삶이라고 누가 정해준 것일까. 그냥저냥 나인 척하면서 사회 통념 속의 나로 살아왔던 건 아닌지 되돌아본다. 타인을 의식하느라 하지 못하는 것들, 두려움, 어제의 나와 고정된 나에게서 나와 매 순간 다른 내가 될 수 있다. 나를 둘러싼 허상에서 도망쳐 나올 용기가 필요하다. 새로운 사람과 장소, 도전의 기회로 나를 내보내 보는 것이다.

밖으로 나가 놀기

어린아이의 세계는 새롭고 신기한 것투성이다. 그래서 삶이 재밌다. 나는 여전히 호기심이 많고 새로운 세계를 갈망하며 많은 꿈을 꾼다. 그리고 생각한다. 세계는 내가 경험한 것보다 훨씬 더 크다는 것을.

오늘은 또 어떤 일이 생길지 모르기에 삶이 더 흥미진진한 것이 아닐까.

최종 목적지는 모르지만 언제나 오늘 '가장 나다운' 삶의 형태로 살아가는 '과정 자체'를 즐기고 싶다.

04

이상한 보물찾기

요가와 삶은 닮아있다. 아무리 찾으려 해도 보이지 않을 때가 있다. 언제 어떻게 될지 모르는 우리의 삶처럼 요가 또한 그렇다. 내가 저 동작을 아무리 하려고 해도 내 몸이 준비되지 않은 상태에선 되지 않는 게 아사나(동작)이다. 내 몸이 준비될 때까지 기다려 줘야 한다. 시간이 필요하다. 지금 안 되는 것이지 앞으로도, 평생 안되리라는 법은 없다. 물론 안 될 수도 있다. 하지만 그것만이 정답과 길은 아니다.

나를 알아가는 선물

내 삶에 요가를 만나 알고 깨달아 간다는 것이 보물을 찾은 것이라 생각한다. 요가도 다른 종교처럼 '경전'이 있다. 하지만 요가는 '믿음'을 강요하지 않는 점이 철학에 가깝다. 종교와 삶의 형태가 다양하듯 요가를 하는 사람도 각자의 삶에 적용한 다른 요가를 한다.

요가에 깊어지면서는 스스로 기도를 많이 하기 시작했다. 내 안의 신과 하늘에게, 타인과 세상을 사랑과 연민의 눈으로 바라보고, 나답게 단단하게 살아갈 수 있게끔, 방향을 찾아가는 것에 대해 감사했다.

그간 얼마나 불안하고 흔들렸는지 아무리 편안해지고 싶어도 되지 않았다. 무엇이 문제인지 어떤 게 나를 이렇게 고통스럽게 하는지 알지 못해 허우적거리기도 했다. 그때의 내가 안쓰럽고 대견하다. 이 또한 요가와 삶을 알아가는 과정이기에 소중한 시간이다. 보이지 않는 내일을 위해 고통을 견뎌낸 지금의 우리는 모두 칭찬받아 마땅한 것이다,

당장 물에 빠져서 허우적거리고 있는 순간에는 전체의 모습을 바라볼 수가 없다. 얼마나 작은 웅덩이에 불과한 것인

지 알 수 없는 것이다. 그렇게 나의 작은 웅덩이 속에서 빠져 나와 객관적으로 인지할 수 있는 시각을 길러주는 것이 요가였다. 분리하여 바라보아야 올바르게 바라볼 수 있다.

삶은 보물찾기 같다. 어떻게 해서든 찾아보려 해도 찾아지지 않고 어떨 때는 우연히 찾아지기도 한다. 실제로 살다 보면 예상치 못한 일들이 더 많이 생겨난다. 아무리 해결책이 보이지 않더라도 현재 상황에서 미래를 단정 내릴 필요가 없는 것이다. 언제 어떻게 어디서 보물이 나타날지 모르니, '내일은 또 다르겠지'하며 기대하고 설레도 괜찮다. 생각과는 다르게 오늘 여기서 찾지 못해도 내일 다른 곳에서 또 다른 보물이 나올지 모른다.

여행의 준비 과정부터 설레며 여행이 시작되듯 이렇게 생각하며 설레는 삶과 요가 여정 자체가 보물찾기가 아닐까.

05

맨처음부터 다시

요가에서 '니드라'는 단순한 잠이 아니라 마음이 온전히 평화로운 상태에서 취하는 깊은 잠을 뜻한다. 깊은 잠은 나를 버리고 백지상태로 만들어 통찰력을 갖게 하는 출발점으로 본다.

우리는 이번엔 내 선택이 잘못되었음을, 내 판단이 틀릴 수도 있음을 인정하기 어려워한다. 그렇기에 누군가를 탓하고 내가 가졌다고 생각하는 것을 잃지 않기 위해 안간힘을 쓴다. 그러나 처음으로 돌아가는 것이 나을 때도 있다. 돌아간다고 내 안에 쌓인 것들이 사라지는 것은 아니다. 안간힘을 쓰고 꽉 쥐고 있던 것들을 놓아줄 용기가 필요하다.

니드라의 평화

상처는 아물며 새살이 돋아나고 꽃이 지고 열매가 떨어지면 다시 시작된다. 모든 감정의 응어리를 비워내고 새로 시작해 보는 것이다.

나는 종종 뒤로 숨었다. 눈물을 많이 흘리는 것이 부끄러워 때로는 감추기 위해 노력했다. 좋은 모습만 보여야 한다는 강박 같은 것일까? 약한 모습을 보이지 않기 위해, 쓸데없는 자존심과 나를 둘러싸고 있는 방어막에서 이를 악물고 울음을 참아내곤 했다.

잠을 자고 백지상태로 비워낸 나로부터 매일을 다시 살아내 듯 울어야 할 땐 우는 것이 어른이었다. 솔직한 내 감정을 표현하고 흘려보내는 것이야말로, 처음으로 돌아가 다시 시작할 용기를 내는 것이다.

우리에게는 또 주어지는 내일이 있다. 그렇기에 매일 새로운 내가 될 수 있는 것이다.

06

건강한 그릇

이전보다 많은 사람들이 자신을 돌보고 건강이라는 가치에 더욱 관심을 두기 시작했다. "젊은 애가 뭘 그렇게 몸을 챙겨, 아주 오래 살겠다." 다소 유난이라는 말을 듣던 나는 그러한 시대적 변화가 반가웠다.

SNS에는 멋지게 관리하고 만든 몸을 자랑하며 '바디프로필'을 공유하는 이들이 많아졌다. 수시로 해외여행을 하며 생활 수준 또한 높아졌다. 경제적 수준이 상향됨과 동시에 풍요 속 빈곤도 늘어나는 듯하다.

이유를 알 수 없는 범죄는 늘어나고 자극적인 콘텐츠는 점점 더 넘쳐난다. 생각할 여유는 점점 사라진다. 누군가 더 짧고 효율적인 답을 주면 그대로 받아들이고 싶어 한다. 너도 나도 그럴듯한 삶을 뽐내며 타인과의 비교로 괴로워한다. 어쩐지 마음은 더 아파지고 건강한 사회는 아닌 것 같다. 정신과 의사들은 현대인의 흔한 질병이 우울이라고 한다.

나이 듦은 자연스러운 일

상대보다 더 멋지고, 우월한 것으로 만족감을 느끼는 상대적 우월감은 또 다른 상대적 박탈감을 가져다준다. 당연하고도 뻔해서 잊기 쉬운 것들이 있다. 변하지 않는 본질적 가치에 집중해 보는 건 어떨까. 나이가 들어서도 어리고 예쁜 외모를 뽐낼 수는 없는 일 아닌가. 외적인 아름다움도 중요하지만 건강한 마인드를 비롯해 가려지기 쉬운 중요한 가치를 잊지 않는 것이 더 아름답게 나이 드는 것이 아닐까 생각한다.

기술의 진보는 우리 생활의 많은 부분을 바꾸고 있지만 궁극적으로 바꾸지 못하는 것들이 많다. AI가 있지만 사람만이 가진 능력, 많은 영상이 있지만 책의 효과를 대체할 수는 없는 것처럼 말이다. 오랜 예술과 철학이 사랑받는 이유도 같은 맥락일 것이다. 삶을 살아가는 형태와 방식은 시대에 따라 달라질지 몰라도 결국 그 속에 변하지 않는 본질적인 가치가 있다는 뜻이다. 본질을 잃지 않는 삶이 웰-에이징에 중요한 척도가 아닐까 한다.

건강은 공기와 같아서 어느 날 몸이 아파지면 그제야 "아 건강이 최고지"라며 아뿔싸 한다. 조그마한 치아 하나에 문제가 생겨 치통으로 얼얼해진 후에야 내 이가 온전했을 때가 좋았음을 깨닫는다. 가족 중 누군가가 병원 진단을 받고 "어디가 안 좋은 것 같으니 큰 병원 가보세요"라는 말을 들으면 가슴이 철컹한다. 그 순간 다른 모든 사소한 걱정들은 사라진다. '건강하게만 해주세요. 착하게 살게요'라며 주문을 외운다. 아프지만 않다면 뭐든 할 수 있을 것 같다.

사는 동안은 무엇이든 건강하게 나이들고 싶다. 몸과 마음, 관계를 비롯한 사소한 감정들도 건강하게 느끼는 것이다. 나를 둘러싼 것들과 함께 웰-에이징 하며 다채로운 삶을 경험할 수 있도록 건강한 그릇을 준비해 놓는 것은 어떨까.

07

몰입과 화해

관계를 지나치게 꽉 붙잡게 되는 순간 상처를 입는다. 친밀한 관계만큼 변덕스러운 것도 없다. 영원한 우정과 사랑의 서약을 했더라도 대부분 끝이 나고, 전과는 달라지고, 실망스러워질 수 있다. 나와 상대가 생각한 관계의 깊이가 다를 때 우리는 상처받는다. 변치 않는 사랑을 꿈꾸는 로맨스는 더 쉽게 변한다. 사랑하는 사람을 이상화할수록 우리는 더 큰 허무함과 환멸을 느낄지도 모른다.

시절인연

이 넓은 세상에서 나와 맺어진 인연은 참 소중하다. 그렇기에 더 집착하게 되는지도 모른다. 때로는 관계를 떠나보내기도 하며 관계의 유효기간은 지속되지 않는다는 것을 인정하면 우리 삶은 조금 더 편해질 것이다. 어린 시절부터 오랜 기간 함께했던 친구라도 시기에 따라 삶에서 중요한 부분은 각기 다르다. 각각의 성장 속도와 관계가 일치할 수 없다. 영원히 똑같은 관계와 대상을 유지해야 한다고 관계를 애써 꽉 쥐기보다는 유연하게 흘러가 보는 건 어떨까?

나와의 관계를 회복하고 자신에게 몰입해 보는 것이다. 관계는 흐르고 지나간다. 내가 변하면 상대도 변한다. 오래된 인연이 떠나기도 하고 또 다른 선물 같은 인연이 찾아오기도 한다. 그러니 너무 연연할 필요가 없는 것이다.

우리는 혼자일 때보다 관계를 맺음으로써 얻게 되는 보상이 더 크다고 생각하도록 학습되었기 때문에 별다른 이유 없이 관계를 선택한다. 하지만 잠깐만 생각해 보면 알 수 있다시피 이러한 생각이 항상 옳은 것은 아니다. 우리는 때때로 억지로 관계를 붙잡고 있는다. 하지만 더 이상 지속할 수 없다고 느끼는 관계에서 벗어나면 우리의 잠재력과 가능성은 확장된다. 또 다른 인연을 맺고 다른 에너지로 사용할 수 있다.

〈가치 있는 삶〉 中

창의성을 높이기 위해서는 무대 뒤에서의 고독한 시간이 필요하다. 외부 환경의 자극에 지속해 노출되면 창의력은 억눌린다. 현대 대표 철학자 아렌트는 우리가 근본적으로 다른 사람들에게 의존할 수밖에 없다는 것을 인정하면서도 사회성이 우리를 마비시키는 것에 대해 경고했다. "다른 이들이 너무 가까이 있고 끈질기게 우리 공간 안에 존재할 때, 즉 사람들이 사방에서 우리 공간을 침해해 올 때는 개인의 정체성을 유지하기 쉽지 않다. 그런 상황에서 다른 사람과 함께 있는 것은 외로움을 완화하기는커녕 악화시킬 뿐이다."라고 말이다.

나와의 끈끈한 관계를 맺지 않는다면 점차 가면을 쓴 피상적인 삶을 살게 될 것이다. 본래의 나보다는 '타인과 외부의 관점에 맞춘 나'로서 살아갈 수 있다. 이는 '가장 나다움'과 나의 본질적인 기질의 발현을 회피하는 것일지도 모른다.

08

비우면 채워진다

물 위에 누워 둥둥 떠 있을 때 몸은 가벼워지고 자유로워지는 느낌을 경험한다. 무중력 상태에 몸이 가볍게 떠오른다. 바다 혹은 넓은 수영장에 누워있으면 나는 광활함 속에 아주 작은 부분에 불과하다.

평소 우리는 여러 가지 무게와 역할로 가득 차 있다. 엄마이자 아내이기도 하며, 며느리이면서, 딸이고, 상사이자 부하이기도 하다. 나를 짓누르는 많은 무게를 한 번씩 비워 보는 건 어떨까. 물 위에 힘을 편안하게 빼고 내 몸을 자유롭게 맡기듯이 말이다. 내가 되고 싶은 '나'의 모습, 나를 증명하고 남에게 사랑받기 위해 무거워진 나로부터 해방되는 것이다.

가끔은 나무늘보처럼

어떤 작가가 말하길 가끔은 나무늘보처럼 살고 싶다고 한다. 하루에 18시간을 자는 나무늘보는 일주일에 한 번 배변할 때 빼고는 나무 밑을 내려오지 않는다. 누구에게도 관심받지 않는 게 생존전략인 셈이다. 옆 사람의 속도에 맞추지 못해도 죄책감을 느낄 필요가 없다. 혼자 고립될수록 생존무기가 되는 느린 나무늘보의 세계인 것이다. 가끔은 세상에서 고립되어 아무것도 하지 않고 싶다.

아무것도 하지 않고 비워내는 것, 아무 생각도 하지 않는 것은 중요하고도 어려운 일이다. 뇌는 끊임없이 걱정거리를 가져오고, 흥미로운 자극을 찾는다. 비어 있는 공간을 채우기 위해 무언가를 가져온다. 무언가 하지 않으면 불안함을 느끼기도 한다. 새로운 정보와 흥미로운 것이 넘쳐나는 디지털 시대에 자극적인 소식과 마케팅에 무의식적으로 지속해서 노출된다. 계속 먹고, 구매하고, 콘텐츠를 소비한다.

좋은 것으로 채우기 위해서는 비우는 작업이 필요하다. 나쁜 것은 비워내고 좋은 것으로 채워낼 공간을 마련해 두는 것이다. 요가와 명상의 큰 효과는 디톡스이다. 무거워진 몸, 많은 생각들로 어지럽혀진 머리를 비워내는 작업이다. 가득 찬 몸과 마음의 용량을 비워 또다시 좋은 것들로 채우고 살아갈 균형을 맞춰주는 것이다.

나는 미니멀 리스트보다는 맥시멀 리스트인 편이었다. 어느 순간 많은 옷과 물건들이 넘쳐나 관리가 어려운 지경에 이르렀다. 내가 물건에 종속되고 있었다. 무언가를 소유하는 순간 그 물건에 공간을 내주어야 하고 관리하기 위해 에너지가 소모된다. 내가 물건을 소유하는 것인지, 물건이 나를 소유하는 것인지 모르겠다.

결혼 후 신혼집을 마련하면서는 여유 공간을 많이 두기 시작했다. 진짜 인테리어는 물건이 아닌 '여유로운 공간'이었다. 비워진 공간에서 차를 마시고 요가와 명상을 할 때 마음은 더욱 여유롭고 좋은 기운으로 풍요로워졌다.

진짜 채움은 비움을 통해 오는 것이었다.

09

널뛰는 마음

바다는 밀물과 썰물, 파도로 변화무쌍하다. 광활하고 무한하다. 어디에도 지배당하지 않고 쉬지 않고 끊임없이 움직임을 보여준다. 얼핏 보면 고요해 보이는 바다도 자세히 들여다보면 계속된 잔물결이 일고 있다. 잔잔한 물결과 거친 파도가 반복되듯 우리 삶도 비슷하다.

많은 희로애락과 감정들 사이에서 바다처럼 넓고 고요한 마음을 갖는 과정 그것이 요가를 통해 수련해 나가는 여정이다.

물의 이치

우리 모두와 지구는 물에서 탄생한다. 그리고 다양한 형태로 살아가며 길을 잃고 방황하기도 하지만 다시 연결된다. 물은 변화무쌍해서 다양하게 변화한다. 연못으로, 폭포로, 계곡, 강으로 그리고 바다로 연결된다.

인체는 75%가 물로 이루어져 있다. 그렇기에 평생 물이 필요하고 때때로 그리워하며 물에 강한 결속력을 느끼는 것이 아닐까. 힘든 일이 있거나 힐링이 필요하면 바다를 찾게 된다. 바다는 아름답고 품고 있는 다양한 생물들은 경이롭다. 평온하고 넓은 바다를 보고 있자면 마음이 고요해짐과 동시에 내 고민은 아무것도 아닌 것처럼 느껴진다. 티끌만큼 작아 또 그렇게 흘러갈 것임을 알게 된다. 모든 것을 포용할 듯 넓고 고요하지만 그 속을 다 알 수 없다. 바다를 여러 번 가본 사람은 있지만 전부 아는 사람은 없다. 조용해 보이지만 강인하다. 고요해 보이니 경계를 풀고 많은 사람이 모이지만 갑자기 급류에 휩쓸려 집어삼킬 수도 있다.

종종 순간적인 감정을 말로 뱉어버리고 나서 후회하곤 했다. 소소한 것에 기쁨과 행복을 많이 느끼지만 쉽게 좌절하고 슬픔에 빠져버리기도 했다. 그렇게 감정 기복이 있는 것에 대해 스스로 자책했다. '요가 하는 사람은 마음 조절을 잘 해야 하는데….'하면서 말이다.

기쁨도 슬픔도 과하지 않게 중용을 지킬 때 에너지 또한 조화롭다. 또 다른 관점에서 우리의 삶이 그래프, 혹은 바다의 밀물과 썰물이라고 할 때 기쁨(+)과 슬픔(-)의 격차를 좁혀가고 있다면 점차 평온함에 다가가고 있는 것이 아닐까? 슬픔의 깊이가 낮아진다면 그 격차는 10에서 5로 줄어들기에 점차 마음의 균형을 맞춰가고 있는 과정인 것이다. 게다가 사소한 일상에서 기쁨은 자주 느끼기에 행복 지수가 높을 수 있는 것이다.

외유내강의 삶

어느 날 제주도 "물영아리 오름 습지"에 가게 되었다. 비가 추적추적 내리고 안개가 자욱한 날이었다. 컴컴하고 조금은 음산한 분위기였다. 인적이 드물어 빨리 다녀올 수 있는 가파른 계단 길로 오르기 시작했다. 계단의 끝이 보이지 않았다. 안개 때문에 앞이 더 보이지 않았다.

역시 빠르게 가려고 하면 큰코다친다며, '왜 나는 남들이 가는 편안한 길을 두고 힘든 길을 택하는지' 후회도 했다. 얼마나 가야 하는지는 알 수 없었다. 대체 이 계단의 끝이 어딘지. 가파른 계단 중간중간 쉬는 의자와 시가 한 편씩 있었다. 평소엔 급히 지나치던 시를 읽는 시간이 소중하게 느껴졌다.

마침내 생각지 못했던 고요하고 신비스러운 분위기의 습지의 광경이 펼쳐졌다. 평온하고 잔잔한데 강인한 생명력의 기운이 느껴지는 곳이었다.

습지는 지구상에서 가장 생명력이 풍부한 지역이다. 다양한 미생물이 유기물질을 먹고 살기 때문에 오염원의 자정작용과 홍수, 가뭄 등을 조절하는 자연적 스펀지 역할을 하는 것이다.

'고난의 행군 끝에 최종 삶은 이런 모습일까?' 평온하고 잔잔하지만 자연 생태계에 대체 불가한 중요한 역할을 하는 습지는 강인한 생명력을 품고 있었다.

만약 가파른 고난의 계단이 없었더라면, 평온하고 강인한 습지의 기운이 감격스럽게 다가오지 않았을 것이다. 물이 얕게 고여있는 심심한 웅덩이의 모습에 "잉? 이게 다야?"라고 했을 듯하다. 이후 풍경을 감상하며 내려오는 길은 유유자적하고 편안했다.

우연히 만난 오름길은 내가 추구하는 삶의 가치를 다시 깨닫게 해주었다. 생각지도 못한 어떠한 풍경에서 이정표를 다시 세우는 것 또한 삶의 묘미가 아닐까. 그렇게 앞으로는 외유내강의 습지처럼 살기로 했다.

새겨지는 말

어떤 말은 마음에 새겨진다. 오랜 상처가 되기도 하고 희망을 품고 살아가게 하기도 한다. 따뜻한 말의 근본은 '따뜻한 시선'이 아닐까?

초등학생 때다. 학급 짝을 정하는 날이었다. 장애우 친구가 있었는데, 아무도 짝을 하지 않으려고 했다. 안타까운 마음이 들어 내가 짝을 하겠다고 했다. 그때 선생님께서는 말씀하셨다.

"혜린이는 하늘에서 내려온 천사구나."

당시 선생님의 말과 표정이 내 마음에 새겨졌다. 마음이 뭉클했다. 나는 그 순간을 기억하며 살아가게 되었다.

누구나 자신의 장점, 잠재력이 있다. 어떤 사람의 좋은 점을 봐주는 칭찬과 따뜻한 말이 비싼 명품보다 더 가치 있는지도 모른다.

10

흘러갈 것과 극복할 것

모든 것은 흘러간다. 그러나 흘려보내지 못하는 내가 있을 뿐이다. 나에게 올라오는 부정적인 감정, 앞이 보이지 않아 헤매는 순간엔 '이 고난의 끝이 있긴 할까?'라는 생각에 답답하기만 하다. 꼭 어떤 사건이 있어야만 길을 잃는 것은 아니다. 반복되는 평범한 일상에서도 "이 터널이 언제 끝날까? 더 이상 나아지지 않고 길을 잃은 것 같아"라는 생각에 갑갑함이 몰려오기도 한다.

힘든 감정에 몰두하고 있으니 어떤 답도 보이지 않는다. 정답을 찾으려고 집착하면 어쩐지 더 멀어진다. 그런데 시간이 지나면 나도 모르게 그 지옥 같던 감정은 사라진다. 흘러간 후에는 '왜 내가 그렇게 힘들어했지? 별거 아니었는데' 하며 기억조차 나지 않는 경우가 많다.

흘려보내기 연습

우리는 때때로 행복했던 과거에 머물며 그리움을 느낀다. 그리고 특정 기회를 놓친 것에 대해 후회하곤 한다. '이걸 하지 말고 저걸 했었더라면, 그 선택을 하지 말걸' 일명 "껄무새"가 되어 후회를 반복한다. 미래에 대해 일어나지 않을 걱정으로 불필요한 소모를 반복한다.

흘러가는 시간에 따라 다가오는 감정을 잘 흘려보낼 수 있어야 한다. 과거의 나를 올바르게 이해하고 '일어날 일은 일어날 수밖에 없었음'을 그때의 나에게는 그것이 최선이었음을 인정해 주기로 하자. 더 나아질 미래에 희망을 품고 과거-현재-미래가 조화롭게 흘러갈 수 있도록 하는 것이다.

하지만 그냥 흘려보낼 게 아닌 극복해야 할 것도 있다. 당장은 외면해도 곧 다시 수면 위로 떠오를 문제들이다. 그것들은 덮어둔다고 해결되지 않는다. 흘러갈 것과 내가 뛰어넘어야 할 문제를 구분하는 지혜를 갖기 위해 노력했다. 요가를 통해 나를 직시하고 객관화하여 올바르게 나아갈 방향을 찾아가는 수련을 하는 것이다.

처음에는 명상이 도피와 같다고 생각했다. 모든 욕심을 비우는 것, 무욕, 무위, 머리를 비우는 것이라고만 생각했다. 명상은 자신의 자체를 바라보고 알아가는 과정, 참 본성과 마음의 습관을 알아차리는 것이다. 그리고 제 3자의 시각으로 객관화해서 바라보는 작업이다.

요가에서 '다르마'라는 마땅히 내가 이생에서 해야 하는 의무를 뜻한다. 우리의 일상에는 어쩌면 하고 싶은 일 보다, 하기 싫은 일들이 더 많을지 모르겠다. 하기 싫은 일들을 어떠한 마음가짐으로 극복해 나갈 것이냐에 따라 일을 대하는 태도가 달라진다. 하기 싫은 일 속에서도 배울 점과 성장할 요소를 찾을 수 있다. 인간관계에서 나와 맞지 않는 사람과 어울리는 것 또한 우리가 마땅히 해야 할, 극복해야 할 의무가 아닐까.

극복할 것과 흘려보낼 것을 구분해 보는 것은 어떨까. 지금 갑자기 몰려오는 우울한 감정, 딱히 해결책이 없는 고민은 금방 흘려보낼 것들이다. 그러나 내가 아직 경험하지 않은, 혹은 자신 없는 것을 '약점'으로 가두어 정의하고 있지는 않은가? 외면하고 피하면 당장은 편할지 모른다. 하지만 그 약점은 돌고 돌아 또 나를 가둘 것이다.

계속 흘려보내고 또 극복하며

나는 누군가에게 나를 어필하고 드러내는 걸 좋아하지 않았다. 어쩐지 생색내는 것 같아 낯간지럽고 부끄러움도 많았다. 하지만 가만히 있는 나를 알아주길 바라는 마음 또한 컸다.

누군가 말했다. 가장 용감한 행동은 자신을 위해 생각하고 그것을 큰소리로 외치는 것이라고.

누구에게나 처음이 있다. 낯설고 힘든 순간이 있다. 처음부터 위대한 것은 없다. 스스로를 가두고 있는 편견으로부터, 극복해 나갈 작은 것들을 하나씩 깨고 나가다 보면 상황은 바뀌고 흘러가 걱정은 무의미해지기 마련이다.

또 하루 흘려보내고, 또 하루 극복해가자.

11

반짝이는 눈이라면

건강한 아이를 낳든 작은 정원을 가꾸든 사회 환경을 개선하든
자신이 태어나기 전보다 세상을 조금이라도
더 살기 좋은 곳으로 만들어 놓고 떠나는 것
자신이 한때 이곳에 살아서
단 한 사람의 인생이라도 행복해지는 것
이것이 진정한 성공이다.
- 랄프 왈도 에머슨

좋아하는 일을 하는 사람의 눈은 반짝인다. 흥미로운 것을

배울 때, 사람들을 만날 때 "눈빛이 살아있고 반짝인다"라는 말을 많이 들었다. 눈빛은 마음의 창이라고 하듯이 사람의 눈을 보면 많은 것이 느껴진다.

대게는 살아가며 '내 마음이 정말 반짝이는 일'을 찾아내지 못한다고 한다. 외부에 시선을 뺏기고 이리저리 유행에 휩쓸리거나 현실이라는 벽을 걷어내고 찾아갈 여유가 없을지도 모르겠다. 하지만 내가 정말 좋아하는 것이라는 것은 생각보다 치열하게 열정적으로 찾아야 한다. 그러기에 부딪히고 쓰러지며 좌절하는 과정은 디폴트다.

내 삶은 나로서 단단해진다

무엇이든 진짜는 '내 안'에 있지만 알기 어렵다. 어쩌면 평생 찾아가야 하는지도 모른다. '해야만 하는 일'이 아니라 어떻게든 시간을 내어 하게 되는 것 말이다. 로또에 당첨되어 돈을 벌지 않더라도 하고 싶은 '그것'을 발견하고 몰입하는 것이 삶을 온전히 사는 방법의 하나가 아닐까. 그것이 있다면 내 삶은 나로서 단단해질 것이다.

의미와 사명감을 가지고 주체적으로 어떤 일을 할 때 나는 그 누구보다 열정적인 사람이지만, 가치가 없다고 느껴지면 동태눈을 하고 억지로 하는 일이 되곤 했다. 성과는 더 좋아질 수 없었다. 그렇기에 만일 내가 리더가 된다면 개인의 욕구, 잠재력과 일을 매칭할 수 있는 사람이 되겠다고 생각했다.

"우리는 독특한 열정과 사회적 생활의 유지 사이에서 때로는 어느 정도 중재하며 타협해야 한다."고 한다. '안정성'이라는 명목 아래 '나의 가능성을 옭아매는 것'에 대한 한 끗 차이를 어떻게 해석해야 하는 걸까? '감흥을 느끼지 못하는 커리어를 억지로 이어 나가는 것은 아닐까?'

우리 욕망이 정말로 원하는 것을 아는 것이 그토록 중요한 이유는 에너지를 쏟아부어야 할 때와 그러지 말아야 할 때가 언제인지 아는 것이 중요하기 때문일 것이다. 3자의 눈으로 바라본 뒤 나에게 주어진 에너지를 배분하기 시작했다.

나를 '그렇게까지' 원하지 않는 곳에 혼신의 힘을 다하며 괴로워하지는 않기로 했다.

왜 그렇게까지 하세요?

퇴근 후 원고를 쓰고 어떻게든 요가를 하러 가는 나를 보며 주위에서는 "왜 그렇게까지 하냐"라고 물었다. 누가 시켜서 한 것은 아니었지만 계속하고 있었다. 이것들을 하지 않고도 살 수는 있다. 바쁠 때는 멀어지기도 했다. 하지만 이들을 외면하고, 붐비는 속에서 정신없이 살아갈 때 어쩐지 찐빵에 팥이 빠진 것처럼 머리와 속이 텅 빈 느낌이었다.

요가 수련자의 높은 몰입의 단계는 매 순간 자신의 수준을 넘으려는 노력이다. '지금의 나'를 극복하고 미래에 '내가 원하는 내'가 되기 위한 훈련 과정이다.

나에게 올라오는 생각들을 외면하지 않고 마음 깊이 파고들어 정리하는 시간, 일상에 사소한 것들에서 의미를 찾고 촘촘하게 사는 삶, 여러 가지를 연결해 창의적인 나만의 것으로 발전시키는 것이 반짝이는 순간이다. 지나가는 일상과 괴로움을 다르게 해석하며 바라보는 능력 또한 창의성이 아닐까. 그렇게 요가와 글로 조금 더 따뜻한 사회를 만드는 길로 하루하루 0.1㎜씩 나아가는 것이다.

아사나(Asana) 요가 동작

새로운 나로 피어난다.

나는 새로운 나를 맞이하며 세상으로 나아간다.

4부

아사나
: 나를
맞이하다

01

마음의 식스팩

긍정적으로 생각하며 살라고 하지만 사실 무척이나 어려운 일이다. 왜냐하면 긍정적인 생각은 정신적 요가 즉 '고행'이기 때문이다. 우리의 뇌는 부정적인 감정에 사로잡히기 쉽도록 설계되어 있기에 부정적으로 생각하는 것이 훨씬 쉽다. 몸의 근육처럼 '긍정적인 마음 근육'을 키우기 위한 훈련이 필요하다.

즐거운 근육통

근육을 단련하는 데는 고통의 시간이 필요하다. 하지 않던 등산을 가거나 운동을 하면 다음 날 몸이 쑤시고 걷기조차 힘들다. 여러 차례 근육통을 겪으며 꾸준히 단련해야 비로소 몸의 근육들이 단련된다. 점차 웬만한 강도의 운동으로는 다음 날 근육통이 오지 않는다.

마음 또한 마찬가지이다. 이번 생은 처음이라 여러 상황과 몰려오는 감정에 아파하고 지친다. 생각이 얽히고설켜 어디부터 풀어야 할지 모를 때가 있다. 희망에 가득 차 있다가 하루아침에 절망하기도 하고, 힘차게 하루를 시작했다가도 내일을 걱정하며 잠자리에 들곤 한다. 즐겁고 좋은 상황에서는 누구나 긍정적일 수 있다. 좋을 때는 타인에게도 친절하며 나쁜 모습이 잘 나오지 않는다.

한 철학자는 "삶의 모든 순간에서는 우리에게 가르침을 주려고 하지만, 우리는 쉽사리 들으려고 하지 않는다"라고 했다. 삶에서 힘든 일을 겪을 때 또한 부정적 감정에 갇히지 않고 지금 배울 수 있는 일이 무엇인지 생각하는 것, 내가 어떻게 행동하는 게 지혜로운 방법인지 생각해 보지만 마음처럼 되지 않아 후회를 반복하기도 한다.

책을 쓰면서는 내밀한 아픔까지 내려가 보기 위해 애썼다. 이미 지나가 희미해진 슬픔을 굳이 들추어야 한다는 사실이 불편했지만 마주하려고 했다. 그리고 감정의 원인에 더 깊이 다가가려 했다. 내 안의 상처는 생각의 근육이 되어 치유되고 있었다.

5초만 더

요가를 하다 보면 힘들어 미쳐버릴 것 같은 순간이 오지만 "5초만 더"하고 견뎌본다. 극한의 상태에서 한 번 더 견뎌내는 끈기와 마음 근육을 단련해 나가는 것이다. 삶에서 마주하는 상황 속에서 포기하지 않는 힘을 키워간다. '이렇게 고생하고 결과가 고작 이거야?' '이만하면 된 거 아닐까?' '당장 그만두고 싶다'라는 생각이 올라오지만 버텨내는 것이다. 감정에 휘둘리지 않도록, 정말 준비될 때까지 견뎌 현명한 판단을 내릴 수 있는 근육을 키워간다.

정말 중요한 것은 인내심과 끈기가 아닐까 생각해 본다. 무엇이든 시작이 반이라고 하지만 지속하는 데는 더 많은 힘이 필요하다.

'그런다고 뭐가 달라지겠어', '왜 사서 고생을 해' 등 수없이 몰려드는 부정적인 감정을 마주한다. '쟤는 왜 저래?' 같은 주변 사람들의 곱지 않은 시선도 따라온다.

종착지로 가는 길은 반듯한 포장도로가 아니다. 구불구불한 길이 펼쳐진다. 많은 장애물 속에 그만두고 싶은 마음을 한 번 더 넘어보는 것이다.

나에게 그 핵심을 길러내는 수련은 요가였다. '조금만 더' 하며 버텨본다.

이렇게 최선을 다해 수련하고 나면 정작 힘들었던 순간은 잘 기억나지 않는다. 힘든 수련이었을수록 '오늘 정말 애 많이 썼고 고생했다'하고 자신을 다독인다. '최선을 다해서 해냈다는 성취감'과 '오늘 하루도 잘 살았다'는 뿌듯한 에너지가 차오른다.

수련이 힘들었던 만큼 온몸에 힘을 빼고 이완하는 마지막 '사바아사나' 시간은 더 꿀맛이다. 충분히 비워낸 만큼 좋은 기운으로 충전한다. 일상에 숨이 차올랐을 때, 이렇게 작은 숨 쉴 틈을 주는 것이다.

02

건강한 비교

다른 사람에게 일어난 끔찍한 일을 이야기할 때,
사람들은 마치 당장이라도 달려가 그를 돕고 싶다는 듯
아주 근심스러운 표정을 짓지만,
실제로는 타인의 고통을 보면서
그들 자신은 그나마 행복하다고,
삶이 그래도 그들에게는 관대했다고 믿으며 즐거워한다.

〈베로니카 죽기로 결심하다〉 中

과일과 농산물은 제철일 때가 가장 싱싱하고 맛있다. 사람들은 모두 각자의 시기와 때가 있지만 조금만 늦어져도 불안해하곤 한다. 삼수생, 길어지는 취준생 시절을 겪는 사람은 당시에는 낙오자처럼 느끼며 절망하지만 지나고 보면 아무 일도 아니다. 모두 같은 속도와 방향으로 익지 않는다. 내가 가진 특성과 장점이 가장 맛있게 익을 제철을 기다려야 한다.

행복과 불행의 한 끗 차이

행복은 전염된다. 부러우면 왜 지는 것일까? "부럽다"라는 말은 상대의 행복을 축하하는 좋은 칭찬 방법이라 생각한다. 상대가 부러운데 비해 내 처지를 비관하는 것이 아니라, 현재의 상황 자체를 '부러워할 만해'라고 인정하는 표현의 하나인 것이다. 상대에게 마음을 표현하면 축하를 받은 사람이 기뻐하는 모습에 나 또한 행복해진다.

잠시 질투가 날지언정 다른 사람의 잘 됨을 축복해 주고 배우는 것은 어떨까? 칭찬과 긍정의 말은 결국 나에게 돌아온다. 긍정적인 비교 의식은 나를 점점 더 나아지게 해줄 것이다.

모든 인생 그래프에는 상승과 하강이 반복된다. 빨간색일 때와 파란색일 때가 있다. 나의 하강 곡선과 타인의 상승 곡선을 비교한다는 건 내 비극을 극대화하는 어리석은 행동이다. 그리고 그 어리석은 실수를 반복하는 게 인간의 특징 중 하나가 아닐까. 그렇기에 남의 잘 됨을 진심으로 축복해 주는 것도 연습이 필요하다.

내가 가지지 못한 것과 남과 비교하는 순간 불행이 시작된다. 사실 나보다 위에 있는 사람을 쳐다보며 남과 비교하는 마음은 인간의 본능에 가깝다고 할 수 있다. 동시에 나보다 위에 있는 사람을 동경하며 따르게 된다. 3명 이상이 모이면 스승이 있다고 하듯이 누구에게나 배울 점이 있다. 장점은 익히고 단점은 '그렇게 하지 말아야지'하고 배울 수 있는 것이다.

비교를 이야기하면 빼놓을 수 없는 주제가 SNS가 아닐까. 생활에 차지하는 비중이 높아진 만큼 SNS의 악기능에 집중하곤 한다. SNS를 건강하게 이용하면 정보 수집과 소통의 훌륭한 수단이 된다. 따로 연락해 묻기 어려운 안부나 전화가 부담스러울 수 있는 지인들에게 '댓글'과 '좋아요'로 관심을 표현하며 서로의 일상을 공유할 수도 있다. 멀어졌던 학창시절 친구들을 찾기도 하고 나의 생활 반경에서 만나기 힘든 다양한 사람들과 교류하며 시야를 넓힐 수 있다.

SNS의 숫자에 비교해 "진짜 친구가 없다"라고 말하곤 하지만 꼭 깊은 관계에 목을 맬 필요는 없지 않을까. 때로는 약간의 긴장감이 있는 관계가 가볍고 좋을 때가 있다. 타인을 자연스럽게 점점 더 알아가는 재미와 삶의 다양한 영역에서 인사이트를 주고받을 수 있다. SNS는 관계를 유지할 수 있는 도구이면서 훌륭한 마케팅의 도구이기도 하다. 내가 원하는 상대와 조금씩 친밀감을 쌓으며 소통할 수도 있다.

롤 모델을 팔로우 하며 그의 가치관을 가까이할 수 있고, 내가 되고 싶은 모습으로 닮아가려고 노력할 수 있다. 이러한 SNS의 순기능은 내가 건강하고 단단한 상태일 때 현명하게 적용할 수 있을 것이다.

SNS 속 타인과 비교하며 내 처지를 비관하는 쪽으로 빠지는 건 위험한 신호임을 감지해야 한다. 그 사람과 비교해 자신의 처지를 비관하는 순간부터 불행의 수렁에 빠진다. 하지만 그런 자신을 보며 비하할 필요는 없다. 삶의 하강 나선에서 자아가 훼손된 상태에는 누구나 그런 기분이 들 수 있다. 예를 들면 여자친구에게 이별을 통보받고 자존감이 떨어진 상태에서 친구가 여자친구에게 받은 선물을 자랑하는 게시물을 봤다던가, 나의 아들이 사고를 쳐서 고민이 이만저만 아닌 상황에서 자식 자랑을 하는 지인의 피드를 보았을 때 아무 영향을 받지 않기란 쉽지 않을 것이다. 자아가 손상되고 뇌가 우울함에 빠져 있을 때는 타인과 나를 분리해서 생각하기가 어렵다. 나의 상황을 제대로 알아차린다면 그것을 멀리하고 나에게 집중하는 편이 나은 시기일지도 모른다.

타인을 바라보는 긍정의 시선

생각하는 마음이 올바르고 건설적이라면 그 잠재의식은 결국 나를 더 나은 방향으로 가져다줄 것이다. 모든 생각이 원인이고 상황이 그 결과이다. 타인을 향한 부정적인 생각은 결국 자신을 해친다. 우리의 뇌는 그것이 타인을 향하는지 나를 향하는지 알 수 없기 때문이다. 타인에게 친절할지 불친절할지, 부정적으로 바라볼지 따뜻한 시선으로 바라볼지는 나에게 달렸다. 내가 타인을 상냥하고 애정 어리게 바라본다면 그 사람도 나를 같은 방식으로 대할 것이다.

비관적인 비교의 수렁에 빠져 허우적대기보다 '긍정적인 비교'를 통해 자기 성장의 도구로 활용해 보는 것은 어떨까?

03

뿌리 깊은 나

새는 알을 깨고 나온다. 알은 하나의 세계다.
태어나려는 자는 한 세계를 깨뜨려야 한다.
<데미안>

'요가를 잘 한다는 것' 삶에 '중심을 잡고 흔들리지 않는 내가 된다는 것'이 내 몸과 감각을 미세하게 조절할 수 있는 사람이 된다는 뜻이 아닐까. 감정이 넘치고 모자라지 않게, 힘과 유연성, 호흡을 원하는 대로 조절할 줄 아는 숙련자가 된다는 뜻 말이다.

온전한 나를 만나려면

몸을 잘 조절한다는 것은 쉽지 않다. 힘을 줄 곳과 빼야 할 곳을 구분하며 몸을 쓴다는 것, 어디에 숨을 불어 넣어야 하는지, 근육과 힘의 방향은 어디로 향하는지를 인지하며 호흡한다는 것이 동작을 대충 흉내 낸다고 되는 것은 아니다.

요가를 할 때 무겁고 아픈 몸뚱이는 내 마음처럼 움직이지 않는다. 틀어진 몸과 말려있는 어깨, 얕은 호흡과 잘못된 습관 등 못난 모습투성이다. 어쩐지 마음이 더 불편해진 기분도 든다. 잘해 보려고 안간힘을 쓴다. 힘을 빼보라고 하지만 나도 모르게 힘이 들어간다. 어쩐지 힘을 주는 것보다 힘을 빼는 게 어려운 일 같다.

'나는 요가를 진심으로 즐기지 못하는 게 아닌가?' 더 잘해야 한다는 강박에 사로잡혀 요가가 주는 편안함을 제대로 누리지 못하고 있었다. 온전한 나를 받아들이기까지 계속해 본다. 나는 완벽할 수 없음을 인정하고 조금씩 버려간다. 하나씩 새롭게 바라본다. 무리해서 그 이상의 욕심을 내지 않는 것, 내가 못 하는 부분이 있을 수 있음을 받아들인다. 지금 하고 있는 동작과 호흡을 통해 느끼는 것으로도 충분히 괜찮은 요가이고 삶이라고.

유연하기만 해서 휘청거리던 나의 뿌리가 단단하고 깊어지기까지는 크고 작은 비바람에 수없이 흔들리며 떨어지는 잎들이 있었다. 나를 부러뜨리려 몰아치는 바람과 환경 속에서 정말 소중한 가치를 지키기 위해 여러 계절을 보내온 것이다, 진흙 속에서도 깨끗한 연꽃이 피어나듯 말이다.

'건강한 자기 확신'을 갖는다는 것이 얼마나 많이 흔들렸느냐와 비례하는 것이 아닐까 한다. '이게 맞는 걸까?' '내가 잘못된 건 아닌가?' 수없이 많은 자기 의심과 치열한 고민 속에 점차 단단해지는 것이다.

단단하면서도 유연한 나

하나의 시각에서 벗어나 이렇게도 저렇게도 생각해 보며 휘둘렸기에 더 큰 세계관을 갖게 되었다. 여전히 흔들리며 많은 사람의 의견과 다양한 가능성을 염두에 둔다. 불안과 함께 흔들려온 덕분에 더 많은 것을 준비했고, 어제보다 더 나은 내가 되었다. 나아진 판단력으로 더 이상 나를 힘들게 하는 것들을 그대로 두지는 않는다.

내밀한 기쁨과 행복, 두려움 등을 허투루 보내지 않는 사람이 되어온 것이다. 나에게 정말 소중한 가치들은 지키며 어떻게든 변화하고 적응할 수 있는 사람이 되어가는 중이다.

나에 대한 무력감, 스스로가 규정해 놓은 한계 속에서 힘들다고 그냥 주저앉았더라면 '나는 여기까지 인가 봐 그냥 이렇게 살지 뭐'라고 안주하고 말았더라면, 지금의 단단하고 유연한 나는 없었을 것이다.

중심은 지키되 마음의 문을 열어 순수한 시선으로 바라보고 다양한 의견을 들을 때 창의성 또한 나온다. 내가 쌓아온 나만의 세계와 고집에만 갇혀 있을 때는 더 이상 생각의 확장이 일어나지 않는다. 고정관념과 편견에 갇혀 있는 마음을 자유롭게 놓아 주는 것은 어떨까?

04

단단한 고독

우리는 혼자 있는 걸 두려워한다. 그렇기에 지독하게 싸우면서도 함께 있기를 택하고, 결혼을 선택하고, 누군가의 인정을 받기 위해, 남에게 미움을 사지 않기 위해 잘 보이기 위해 애쓴다. 맞지 않는 관계, 혹은 어쩔 수 없는 인연을 이어가는 것은 우리가 외로움을 두려워하기 때문이 아닐까.

외로움이 아니에요

'남에게 초점이 맞춰진 외로움'보다는 '단단한 홀로서기'로 방향을 바꿔보는 건 어떨까? 파스칼은 인간의 불행은 조용한 방에서 홀로 앉아있지 못하는 데서 시작한다고 했다. '스스로를 충분히 돌아보는 것을 외면하고 외부에 시선을 돌리기 때문'이 아닐까? 타인에게 사랑, 인정받아야만 행복하다면 그만큼 불행해지기 쉽다는 뜻이다. 혼자를 즐기며 오늘의 나를 스스로 돌아보고 인정할 때 온전히 홀로 설 수 있다. 후에 외부의 에너지를 더하는 것이다. 내 안에서 충분히 방황하기를 피하지 않았으면 한다. 사유를 통해 인간은 더욱 인간다워진다.

나와 가장 친한 친구는 '나'이다. '타인에게서 버려져' 외로운 것이 아닌 '내가 선택한' 홀로서는 고독을 즐기는 것이 나로서 단단해지는 방법 중 하나이다. 나를 먼저 충분히 되돌아보고 살펴본다. '나'와의 관계가 좋을 때 타인과의 관계 또한 원활할 수 있다.

내가 정서적으로 힘들 때 타인에게 의존하려고 하면 상처를 입기 쉽다. 힘들 때 친구로부터 기대했던 반응이 오지 않으면 안 그래도 힘든 마음에 더 크게 실망하게 되는 경험이 있지 않던가? 괜히 상대에게 원망의 화살이 돌아갈 수 있다. 상대는 내 감정을 온전히 알 수 없고, 원하는 깊이의 위로와 공감을 주기 어려울 것이다. 이는 괜스레 관계가 나빠질 가능성도 있다는 뜻이다.

목표한 바를 이루고자 할 때 무리에서 많은 시간을 보내는 것보다는 적당한 거리를 갖는 것이 좋을지 모른다. 외부에 에너지가 흩어져 집중하는 힘이 줄어들 수 있기 때문이다. 내가 정말 원하는 가치나 목표를 잊고 포기해버리기 쉬워진다. 남들과 다르게 무언가를 이뤄낸다는 것은 쉬운 일이 아니다. 우리의 뇌는 쉽게 포기하도록 자꾸 유혹한다.

양동이에 있는 게들은 서로 벗어나지 못하도록 아래에서 잡아당긴다. 이는 심리학에서 탈출하려고 하거나 나보다 앞서 달려 나가는 사람을 보기 싫어하는 "크랩 멘틸리티 효과"라고 한다. 어쩌면 인간의 심리적 본능일지도 모른다.

반면에 사람은 결국 나보다 나은 사람을 좋아하고 따르는 것 또한 본능이다. 내가 더 많은 것을 줄 수 있다면 사람은 자연스레 모이게 될 것이다. 타인을 의존해야만 느끼는 행복은 의존하는 대상이 사라짐과 동시에 사라질 수 있다. 혼자인 고독함을 즐길 수 있을 때 더 나은 관계로 삶을 채울 수 있지 않을까?

05

우주의 작은 존재

같은 시간과 공간을 공유하는 인연, 관계들은 거대한 우주의 기운이기에 소중하다. 때로 너무 당연하고 소중한 것은 잊기 쉬워서 잃어버린 후에 후회하게 돼 곤 하지만 말이다.

'1인칭 시점'에서 누구나 삶의 주인공은 자기 자신이다. 나를 중심으로 각자의 삶을 살아가지만 '전지적 작가 시점'에서 보면 많은 생명체 중 하나일 뿐이다. 광활한 우주에서, 지구라는 작은 행성에서, 그중 이 작은 나라에서 태어나 잠시 살다가 없던 것처럼 사라지는 한없이 작은 존재이기도 하다.

이러한 우주적 관점에서 타인과 다른 생명체를 무시하는 행위 또한 오만한 행위가 아닐까?

나라는 존재

마주한 문제를 해결할 힘이 없을 때 무력감을 느끼곤 한다. 그 조차 다시금 무력하게 느끼게 하는 순간이 있다. 대자연을 보면 그 경이로움과 거대함에 압도되곤 한다. 또 우주의 신비로움에 이끌리는 이유이기도 하다. 무엇 때문에 별거 아닌 거에 그렇게 힘들어했는지 내가 했던 고민과 나 자신도 티끌처럼 작게만 느껴진다. 년마다 찾아오는 자연재해에 속수무책 당할 때, 물에 휩쓸리는 사고를 볼 때면 인간이 그토록 작고 무력할 수 없다.

우리가 하는 고민, 우리가 하는 생각과 노력, 어쩌면 우리 자신도 그렇게 대단한 존재가 아닐 수 있다. 꼭 이렇게 별거 아닌 작은 이익을 위해 아등바등 싸워야 할까? 눈앞에 닥친 현실은 물론 중요하지만 과연 그게 전부일까?

"모든 인간은 이 세상을 잠시 방문한 영혼들이며, 모든 영혼은 영원한 존재입니다. 다른 사람과의 모든 만남은 하나의 경험이고, 모든 경험은 영원히 연결됩니다. 만일 당신이 어떤 사람에게 나쁜 감정을 품고서 그와의 경험을 마무리 짓지 않고 그냥 떠난다면 훗

날 당신 인생에서 그 일이 되풀이될 것입니다. 그렇게 되면 고통은 한 번으로 끝나지 않고, 당신이 깨달음을 얻을 때까지 끊임없이 계속될 겁니다. 삶에서 경험하는 일들을 잘 관찰하고 거기서 깨달음을 얻어 전보다 현명해지는 것은 좋은 일입니다. 어떤 경험이 끝나면 그것을 축복하듯 고맙다고 말하고 평화롭게 떠나는 게 좋습니다"

〈무탄트 메시지〉 中

양자역학의 하나의 관점에서 볼 때 우리가 사용하는 물건, 생명체들, 모든 것이 원소로 이루어져 있으며 죽은 물체가 95% 살아있는 것은 5%에 불과하다고 말한다. 원소들이 결합하여 잠시 하나의 생명체로서 형성되어 살아가다가 다시 흩어져 자연스러운 죽음의 상태로 돌아가는 것이다. 이런 시각에서 볼 때 누군가의 죽음과 이별을 조금 덜 슬프게 받아들일 수 있을 것 같기도 하다. 또 사소한 하나하나에 그렇게까지 고통스러워할 필요도 없지 않을까.

지구에서 인간은 일부일 뿐인데 우리는 너무 인간 중심적으로 살아간다. 자원이 과도하게 낭비되고 버려진다. 지구 한 편에서는 여전히 많은 이들이 굶주리지만 나는 아무것도 바꿀 수 있는 힘이 없다. 결코 그 문제의 답을 찾을 수는 없는 것일까? 그렇다면 누가 멋지고 대단한 사람인 걸까.

한 번씩 찾아오는 전염병 또한 지구와 자연의 섭리가 아닐까. 지구의 할당량이 포화 되어 동식물과 자연이 파괴되고 있으니 "그만 좀 하라"고 살려달라고 소리치는 것이다. 우리는 지금 당장의 편리함을 위해 미래의 자원들까지 마구잡이로 훼손하고 있는 것일지도 모른다. 후대가 누릴 수 있는 환경까지 끌어다 쓰고 있는 현상을 볼 때 어쩌면 출산율이 낮아지는 것이 타당한 자연의 이치일지도 모르겠다.

언제나 그랬듯 인간은 또 다른 방법을 찾을 것이다. 자연, 인간, 동물들이 우주의 질서와 조화를 이루며 가장 적합한 삶의 방식을 찾기 위해 노력해야 하지 않을까?

06

짧게 자주 행복해

시간에 따른 요가는 약간씩 다른 행복감을 가져다준다. 아침에 하는 모닝 요가는 시작하는 에너지를 긍정적으로 바꿔준다. 보다 좋은 기운으로 하루를 시작할 수 있어 성공적인 하루가 될 것 같다. 오후에는 조금 더 활력 있게 에너지를 태우는 요가로 디톡스를 해주며 쌓였던 피로와 스트레스를 해소할 수 있다. 또한 잠들기 전 하는 요가는 마음을 이완하고 긴장을 풀어 숙면에 도움이 된다. 시간과 환경에 따라 요가는 색다른 행복을 얻을 수 있다.

행복에 몰입하기

때때로 행복한 순간도 온전히 즐기지 못하곤 했다. 다시 불안이 올까 두려워하면서 말이다. 사실 세상이 아름답게 느껴지는 순간들은 도처에 널려있다. 빠르게 힐링하는 나의 방법은 하늘을 보는 것이다. 바람에 꽃 잎이 흩뿌려지는 모습, 변하는 구름의 모양, 노을 진 하늘, 창문 밖의 나무가 흔들리는 장면. 앙증맞게 매달려 있는 꽃을 보는 것처럼 아름다움은 사소하다.

그렇게 삶은 행복함을 느끼는 소소한 조각들이 모여서 이루어진다.

만약 무언가에 기쁨이 잘 느껴지지 않는 사람이라면, 지금부터 이전과 다르게 바라보겠다고 결심해 보는 것은 어떨까? 작은 것부터 기쁨을 느껴보겠노라고 말이다.

주말 아침 알람에서 해방되어 제철 음식으로 먹는 건강한 음식과 산책, 차분히 마시는 차와 요가는 바쁜 일상 속 힐링이다. 가끔은 자연을 찾아다니며 여행한다. 예쁜 풍경 속에 바람과 파도, 풍경 속에 머물수록 조급한 마음은 사라진다. '그냥 이렇게 편하게 바쁘지 않게 살아도 괜찮지 않을까'라는 생각과 함께 내 일상의 긴장감을 조금은 느슨하게, 행복하게 채워준다. 정말 좋았던 여행지는 그곳을 떠나고 나면 잔상이 더욱 짙어지곤 한다. 그곳만의 느낌과 분위기, 자아내는 풍경, 그날의 감정과 기분, 냄새까지 기억에 남아 "언젠가 다시 갈 거야"라는 행복한 설렘을 안고 살게 된다.

무라카미 하루키는 <만약 우리의 언어가 위스키라고 한다면>에서 여행에 관해 이렇게 말했다.

"우리의 마음속에만 남는 것,
그렇기에 더욱 귀중한 것을 안겨준다.
여행하는 동안에는 느끼지 못해도
한참이 지나 깨닫게 되는 것을.
만약 그렇지 않다면,
누가 애써 여행 같은 걸 한단 말인가?"

모두가 다른 각자의 상황에서 삶은 고통의 연속이라고 한다. 하지만 기쁨의 연속이기도 하다. 이왕이면 기쁨을 훨씬 많이 느껴보는 게 어떨까? 짧은 행복을 더 자주 느끼는 것이다.

07

각자의 공간

각자의 요가란 각자의 삶이라고 할 수 있다. 우리의 삶 전체가 수행의 과정인 것이다. 나의 공간이 있듯 타인의 빛과 공간도 존중해야 한다. 『요가 수트라』에서 요가는 "우리 개인의 정신이 절대의 우주정신에 합일되거나, 교감하는 수행 방법을 가르쳐 준다"고 한다. 자신의 마음을 응시하며 대상을 그저 보는 것에 지나지 않고 꿰뚫어 보는 것, 일상을 재발견하고 통찰해 나가는 과정이 '요가'인 것이다.

마하 데브 데자이는 『간디가 해석한 기타』 서문에서 "요가는 육체와 마음과 영혼의 모든 힘을 신에 결합시키는 것"이라고 말한다. "인생과 삶을 여러 각도에서 평등하게 바라볼 줄 아는 정신이 안정된 상태를 의미한다"라고도 서술하고 있다.

요가를 한다는 것이 모두 같은 속도와 방향으로 산다는 뜻은 아니다. 생활고로 힘든 사람에게 "요가를 하면 괜찮아져요"라고 하는 것은 현실감 없는 사치처럼 들릴지도 모른다. 각자가 처한 상황과 생활 방식, 여건에 요가의 마인드를 적용하는 삶이 가장 바람직한 방법이 아닐까 한다.

어느 날은 여러 가지 일을 하며 사는 것이 버겁게 느껴졌다. 왜 하나에 집중하지 못하고 여러 가지 일에 분배해야 하는 것일까 하고 말이다. 하지만 나에게 주어진 그러한 삶이 확장된 생각과 관점을 갖게 도와주었다. 이를 통해 '더 나은 메시지를 줄 수 있는 내'가 되어가는 과정이었다고 믿었다. 모든 순간은 우리에게 가르침을 주고 있다. '지금의 내가 이런 시간을 보내는 이유가 있다'를 기억한다면 일상 모든 것이 의미 있는 것이다.

각자에게 주어진 삶의 의미와 사명을 찾아보는 것, 지금의 고통도 지혜롭게 극복해 나가는 것이 나의 한계를 넘는 요가가 아닐까.

느림의 미학

계절마다 농산물을 기르시는 할머니 덕분에 직접 길러 보내주신 감자로 때때로 감자전을 해 먹는다. 약 불에 천천히 노릇노릇 바싹 구워진 감자전은 겉은 바삭하고 속은 쫀득하면서도 촉촉한 맛이 난다. 그런데 대충 다 익은 것 같다며 급하게 불을 꺼 버리면 말캉말캉한 느낌에 시간을 두고 천천히 익혀낸 전과 같은 맛이 나지 않는다.

좋아하는 요리인 김치찜도 똑같다. 초대한 손님에게 대접할 때 혼자 먹을 때 보다 정성껏 오랜 시간 끓인 김치찜은 색부터 깊이가 다르다. 결과적으로 얼핏 모두 같은 요리로 보이지만, 그 속은 다른 것이다. 무엇이든 시간이 필요하다. 정성과 시간이 들어간 것과 그렇지 않은 것은 비슷해 보이지만 깊이가 다르다. 결과적으로 둘 다 같은 모양을 하고 있지만, 실제 맛은 많은 차이가 나는 것처럼 말이다.

빠른 결과를 보려고 조급해하지 않아도 괜찮다. 흔히 삶을 마라톤에 비유하듯 멈추지만 않고 계속 가다 보면 언젠간 결승선에 도착할 것이다. 각자의 결승선은 다를 수 있다. 혹 결승선이 어디인지 모르더라도 그곳으로 가는 과정에 생기는 크고 작은 즐거움들을 느끼는 것만으로 의미 있는 것이다.

08

내일 더 잘될 너에게

고뇌하며 괴로워한다는 것은 진심이라는 뜻이다. 보다 잘 살아가고 싶다는 바람이다. 어제의 행복으로 오늘을 만족하는 사람은 없다고 한다. 힘든 날을 보낸 어제가 있었기에 지금이 행복한 것임을 깨닫는 것이다. 그렇기에 지금 힘들다면 더 나아질 일만 남은 것이기도 하다.

그러니 스스로를 자책하지 않았으면 한다. '누구나 아파하며 답을 찾아가고 당신의 삶은 더 나아질 수 있다'는 사실을 믿었으면 좋겠다. 괴로운 과정을 거치지 않고 탄생한 위대한 결과물은 없을 것이다.

'내가 어떻게 그렇게 하겠어'가 아니라 '그렇게 살자'고 결심하자 우주의 기운이 나를 이끌어 주었다. 이 책을 선택한 독자라면 어떠한 우주의 기운이 작용했을지 모른다. 그렇다면 '나도 한 번 바뀌어 보자'라고 다르게 바라보는 것은 어떨까?

변화의 순간

우리는 원하는 어떠한 성과를 이루거나 목표를 달성하면 행복해한다. 그 순간 이전에 겪었던 실패와 괴로움을 수반하는 고통의 과정 또한 행복으로 전환된다. 이러한 관점에서 쇼펜하우어는 인간이 원하는 어떤 지점에 달하는 것을 '성숙'이라 일컫는데, 그렇게 되어 가는 과정 속의 모든 실존과 활동 또한 행복이라고 말한다.

살아가는 과정을 온전히 즐길 수 있는 방법은 무엇일까? 결국은 '사랑'과 '감사'가 가치 있는 삶을 만들어 주는 가장 큰 힘이었다. 도덕책에 나올 법할 뻔해 보이는 말에 진부하다고 생각할지 모르겠지만 그럼에도 그것이 진실이기 때문이다.

마음에 사랑과 감사가 가득해지면 매사에 감사하고 기쁜 일이 많아진다. 타인 또한 사랑, 그리고 연민의 눈으로 바라보게 된다. 평범하고 진부한 말들을 실천하고 산다는 것은 사실 무척 어려운 일이다.

지금 내가 진정 원하는 모습이 아니더라도 현재 있는 곳에서 즐거움을 찾으면 더 즐거운 일 들이 생길 것이다. '지금에 감사하며 꾸준히 하는 것'이 '어제보다 나아진 나'로 살아가는 간단한 방법이었다. 안주하지는 않지만 만족하고 감사하는 것이다. 당장 성과가 보이지 않더라도 좋은 사람들과 즐겁게 일할 수 있다는 것, 관계가 힘들다면 현재 여기서 배울 수 있는 '진짜 내 일'을 찾는 것 등이다.

내가 정말 원하는 완벽한 조건과 모습에 도달한다는 것이 가능은 할까? 완성형은 존재하지 않을지 모른다. 그건 내 마음에 달렸기에 아마 죽기 직전에야 알 수 있을지 모른다.

가치 있는 삶, 나다운 삶

'가치 있는 삶'이 무엇인지 늘 생각하고 고민한다. 누군가 정해둔 가치가 아닌 '나답게 사는 삶'이 아닐까?

"참 좋을 때다~ 아프니까 청춘이다" 하는 20대, 부모님의 울타리에서 벗어나 미래에 대한 불안함, 관계, 일과 돈 혹은 나를 둘러싼 환경 등으로 남모를 고민이 있었다. 30대가 되면 달라질 줄 알았지만 새로운 상황과 나이에 맞는 고통이 찾아왔다. 물론 이전보다는 의연해졌지만, 결코 사라지지는 않았다. 결국 우리의 삶에서 없앨 수 없는 불안과 고통의 의미를 알고, 잘 다루며 살아가는 것이 평생 과제가 아닐까.

누군가의 한마디의 말, 또 어떤 구절들은 마음에 새겨져 내가 조금씩 자라날 때마다 다시금 상기시켜주고 더 깊이 새겨진다. '어떻게 사는 게 맞는 것인지' 방황할 때마다 책은 삶에 나침반이 되었다. 인생의 좌우명이 되기도 하고 삶의 방향을 다시 세워주는 이정표가 되기도 했다. 어떨 때는 나조차 알지 못하는 내 마음을 설명해 주며 토닥여 주기도 했다.

아래는 꿈을 찾아 고민하던 20대의 나에게 '여자로서 잘 사는 삶'을 새기게 된 책 속의 문장이다. 미국 클린턴 대통령 부부가 차를 타고 가다가 기름이 떨어져서 주유소에 들르게 되었다. 그런데 우연하게도 주유소 사장이 힐러리의 옛 남자친구였다. "만일 당신이 저 남자와 결혼했으면 지금 주유소 사장 부인이 되어 있겠지?" 힐러리가 바로 되받았다. "아니 저 남자가 미국 대통령이 되어 있을 거야" 20대의 나는 훌륭한 잠재력을 가진 남자를 만나 미래의 남편에게 이런 아내가 되겠다고 결심했다.

"우리가 읽는 책이 우리 머리를 주먹으로 한 대 쳐서
우리를 잠에서 깨우지 않는다면, 도대체 우리가 왜 그 책을

읽는 거지? 책이란 무릇, 우리 안에 있는 꽁꽁 얼어버린
바다를 깨뜨리는 도끼가 아니면 안 되는 거야."
언젠가 책을 쓴다면 〈책은 도끼다〉의 이 문장 같은
메시지를 줄 수 있는 책을 쓰겠노라고 다짐했다.

내 삶의 가치에 대해, 나라는 사람에 대해 끊임없이 질문하며 여기까지 흘러왔다. 앞으로 글만 쓰면서 살지는 않을 테지만 요가와 같이 평생 하는 취미이자 일이 될 것 같다.

요가도 인생도 정해진 답은 없지만 고통이 없이는 '정말 나다운 삶'에 가까워질 수 없을 것이다.

사랑 덕분에

요가, 책, 치열한 현실에서 고민하고 싸워오며 이겨낸 줄 알았다. 그런데 그것은 나 홀로 해낸 것이 아니었다. 고난을 극복할 수 있는 힘도, 감사함과 기쁨이 많은 것도 주위에 선함을 나누고 싶어 하는 것도, 앞으로 나아가는 힘도 결국엔 사랑 덕분이었다.

인간이 뱃속에서부터 세상에 태어나 가장 먼저 받는 '첫 선물'도 사랑이 아닐까. 부모님의 희생, 배우자의 사랑, 시

부모님들의 든든한 지지와 기도, 주변 사람들의 응원. 그렇기에 '사랑받지 못한' 어떤 누군가 그 어떤 이상한 행동을 한다고 해도 (누군가에게 폐를 끼치는 일이 아니라면) 그를 비난할 수 없을 것 같다. 내가 그를 바꿔 줄 수 있는 힘이 있는 게 아니라면 말이다.

사랑은 때때로 너무 사소하고 당연해서 인지하지 못하는 것일지도 모른다. 일상 곳곳에 스며들어 있는 공기처럼 당연하기에. 누군가의 애정 어린 잔소리부터, 친구들의 응원. 함께 일하는 사람들, 선생님으로부터 '잘 됐으면 하는 마음'으로부터 받는 가르침과 도움들까지.

그럼에도 나는 사랑받지 못했다고 한다면, 그럼에도 불구하고 사랑을 주는 사람이 되어 보는 건 어떨까? (감히) 그 고통이 얼마나 힘이 들지는 가늠할 수 없겠지만, 영화나 드라마, 역사는 모두 그렇게 시작되기 마련이다. 역사는 새롭게 내가 쓰기 나름이니까 말이다.

누구나 자신이 가진 잠재력이 있다. 우리 각자는 남들이 갖지 않은 자신만의 특별함이 있다.

그 씨앗을 발견하여 어제보다는 더 나은 오늘을, 더 가치 있는 내일을 만들어갈 수 있길 소망한다.

살아가는 중입니다
유연하고 단단하게

원고를 다 쓰고 읽었던 책은 〈데미안〉이었다. 예전에 읽었을 때는 무슨 말인지 이해 가지 않고 재미없다며 덮었던 책이었다. 하지만 집필을 끝내고 읽은 이 명작에서 내가 책에 썼던 맥락을 발견하고는 희열감을 느꼈다. 만약 내가 집필하기 전 읽었더라면 이처럼 감동하지 못했을지도 모른다.

> 모든 인간의 삶은 자기 자신에게 이르는 하나의 길이다.
> 〈데미안〉

결국 우리는 온전한 나로 살아가길 바라며 그토록 고군분투하며 살아가는 것이 아닐까? 꼭 무엇을 해야만 하고 다른 어떠한 누구처럼 돼야 하는 사람이 아니다. '나'의 본질을 찾아 나로서 존재할 때 빛나는 것이다.

나는 이 책의 수정을 거듭하며 더 깊이 나를 마주하고 인정했다. 한 번 더 나를 깨고 나왔다. 그리고 이전보다 한층 성숙했음에, 그간 아파했던 성장통의 시간이 지금의 나를 만들어 주었음에 감사했다.

그토록 괴로움에 발버둥 치던 시간을 보내며 깨달은 것을 존경하는 선생님께 듣거나 명작인 책에서 만날 때 나의 고통의 시간은 아름다움으로 바뀌어 다가온다. 이처럼 사람의 성장은 고통이 겹겹이 쌓여 나도 모르게 이루어지는 일이 아닐까 한다. 그렇기에 앞으로 찾아올 고통 또한 새로운 기회로 담담히 받아들이려고 한다.

물론 어려운 날도 있을지 모른다. 하지만 모든 생각이 근원이기에 내가 마음먹는 순간 원하는 내게 한 걸음 가까워진 것이다. 지금의 내가 온전히 마음에 들지 않는다고 하더라도, '아직 부족한 나'도 '소중한 나'라는 것을 인정해 주자. 지금이 가장 고통스러운 순간이라면 앞으로는 나아질 일만 남은 것이다. 우리에게는 매일 나아갈 수 있는 기회가 있다.

마음먹은 작은 것부터 바로 실천해 보자. 오늘부터 내가 가진 감사함을 3가지씩 적어 보았으면 한다. 핸드폰을 멀리하고 산책하며 떠올리는 것도 좋다. 마음이 힘들고 무언가 해야 할지 모르겠다면 밖으로 나가 걸어보자. 아무 일 없이 건강한 두 다리로 걸을 수 있다는 것, 책을 만나 변화할 기회가 생긴 것도 내가 만난 감사함이다. 막상 시작하면 생각보다 더 많을지도 모른다. 작은 생각과 행동이 내 마음을 채워줄 것이다.

이 책이 세상에 나오기까지는 1년이 안되었지만 아파하고 깨닫기까지 10년이 훌쩍 넘는 시간을 담고 있다. 무수히 흔들리고 방황하며 스스로를 미워하고 사랑하지 못하던 시절, 내 옆에 누군가가 말했다. 흔들리는 나무는 살아남지만 뻣뻣한 나무는 부러져 버린다고. 그러니 지금 잘 하고 있고 우리는 잘될 수밖에 없는 운명이라고 말이다. 내가 어떤 모습이든, 아무리 덮여도 다이아몬드의 가치는 변하지 않고 빛난다고 해준 든든한 동반자 남편에게 사랑과 감사함을 표한다. 그리고 이제 소중한 독자분들께 이 말을 전해주고 싶다.

마지막으로 흔쾌히 추천사를 써주신 선생님들, 나의 씨앗을 알아주시고 고생해 주신 편집장님, 책이 탄생하도록 힘써준 출판사와 대표님, 보고 싶은 친구들, 사랑하는 내 응원군 양가 부모님과 가족들에게 감사함을 전한다.